茨木野
Illust トモゼロ
窓際編集とバカにされた俺が、
することになった
2

おっかりーん！見て見てJKの水着だよーん♡
うう…せんせぇ〜みないでぇ〜

一花…
なんという兵器を
隠し持ってるのだ！
だ、だって…
こういうのがいいって…

最初は……ぐーー！

じゃーんけーん!

え、うそ…
岡谷くんとあかりちゃんが…

そーゆーかんけーです♡

CONTENTS

madogiwa
henshu
futagoJK to
dokyo

2
Ibarakino
茨木野
Illust トモゼロ
窓際編集とバカにされた俺が、双子JKと同居することになった

プロローグ　ＪＫと青い海

俺《おれ》の名前は岡谷光彦《おかやみつひこ》。出版社でどこにでもいる、平凡なサラリーマン。

黒髪に、くたびれた雰囲気《ふんいき》。町を歩けばどこにでもいるような、十人並みな外見の、アラサー。

そんな俺の目の前には、四人の美女が素肌をさらしてる。

「うぉーい！　おっかりーん！　見て見てＪＫの水着だよーん♡」

金髪の元気な美少女、伊那《いな》あかり。

真っ白な肌を包むのは、布面積が少ないビキニ。

動くたびダプンと揺《ゆ》れるその大きな乳房《ちぶさ》に、目が行かない男はいないだろう。

「ほらほら、お姉も！　アタシの陰《かげ》に隠《かく》れてないで、出てくるの！」

「うう～……でもぉ～……はずかしい～よぉ～……」

あかりの陰に隠れているのは、黒髪の美少女。伊那菜々子《ななこ》。

普段は黒髪ストレートだが、今日はポニーテールにしてた。

対照的だが、二人は双子の姉妹である。

「見ておかりん！　お姉の水着を！」

妹のあかりが、姉の背後に回る。

菜々子が身につけているのもまた、レモン色のビキニ。だが妹と違って下半身にはパレオを巻いていた。引っ込み思案な彼女にしては、派手な色とデザインの水着だった。

「うう～……せんせぇ～……見ないでぇ～……」

そして後ろから二人組がやってくる。

「お、おかや！　すまない。一花《いちか》に日焼け止めをたっぷり塗ってもらってて、時間を食ってしまったのだ」

白い髪に、病的なほどに真っ白な肌。それでいて兎《うさぎ》のように赤い瞳《ひとみ》の美少女、開田《かいだ》るしあ。

大きめの麦わら帽子をかぶり、赤いワンピース型の水着を着てる。

フリルがついていて、実に可愛《かわい》らしい。

「お、おか……おかや……くん……」

そして、最後に。水泳パーカーに身を包んだ、長身の美女、贄川《にえかわ》一花。

「あれ？　一花ちゃんは水着じゃないの？」

「き、着替えてきたけど……私、自信なくて……」

もじもじと体をよじる一花。

あかりはニマーっと笑うと、一花の背後に回る。

「そりゃー！　ご開帳《かいちょう》じゃー！」

「うひゃあ！」

……パーカーを脱いだ一花は、ものすごかった。

なんというか、最初ヒモかと思った。それくらい、セクシーで大胆な、水着。

だが驚《おどろ》くべきはそこじゃない。一花のスタイルの良さだ。

手足が凄《すさ》まじく長い。胸《むね》も、尻も、目を見張るほどに大きい。

正直これでモデルやってないって嘘《うそ》だろ。そう思ってしまうほどに、一花はプロポーション抜群《ばつぐん》だった。

「やっぱ……一花ちゃんえぐい……」

「わぁ！　綺麗《きれい》です……」

「ううむ……一花……貴様……なんという兵器を隠し持ってるのだ！」

少女たちもまたびっくりしてる。

これだけ、一花は綺麗なんだ。同性から見ても、やっぱり目を引いてしまうだろう。

「んでんで〜？　おかりんはどの娘《こ》が、好みかなぁ〜？」

……目の前には美少女、美女。

遠くには紺碧《こんぺき》の海。青い空。いったいどうしてこうなったんだ……？

第一章 ■ ＪＫたちは決意する

季節は九月も中旬。俺《おれ》……岡谷光彦《おかやみつひこ》の朝は早い。

だいたい六時半には目を覚ます。

今の職場に転職する前は、お昼に起きることがざらだった。前職は大手の出版社で、終電で家に帰ることも。始発で帰ることも珍《めずら》しくない、そんな環境だった。

しかし今は、朝に起きて、夜に寝る。実に健康的な生活を送っている。

がちゃ。

「……おっはー……って、なーんだおかりん、起きてるんだ？　ちぇー」

部屋に入ってきたのは、金髪の巨乳《きょにゅう》美少女。伊那《いな》あかり。

顔は驚《おどろ》くほど小さく、整《ととの》っている。大きな胸《むね》、きゅっとくびれた腰。明るい笑顔と、その抜群《ばつぐん》のルックスから、男子生徒たちは彼女を放ってはおかないだろうと思う。

「あかり……おまえな。他人の部屋にノックしないで入るなって言ってるだろ？」

注意する声にも力が入らない。

「はいっはーい！　気をつけまーす！」

何度注意してもこの調子である。昔からこうなのだから、今更《いまさら》注意して直るとは思えない。

あかりは制服の上にエプロンをつけていた。

「どう？　若奥様が、旦那《だんな》さんを起こしに来たみたいで、むらむらした～？　んんぅ～？」

あかりが近づいてきて、ベッドに腰かける。ちら、とスカートの端っこをめくる。

「なんだったら朝からしっぽり～……あいたっ」

俺はあかりの額《ひたい》を指でつんとつつく。

「着替えるから、馬鹿《ばか》言ってないで行きなさい」

「ちぇ、冗談じゃないっつーの～……本気なのに」

ぴょん、とあかりがベッドから降りる。「本気なのに」という言葉も、こいつが小学生のとき聞いたことがある。

ようは、マセてる子なのだ、この子は。大人をからかい、動揺《どうよう》してる姿を見るのが好きなやつ。

まあ、悪意があってやってるわけじゃないのは承知してるから、嫌《いや》な気分にはならないが。

「朝ご飯できてるからてきとーに食べてて。アタシはお姉を起こしてきます」

「わかった」

いつもあかりが、美味《うま》い飯《めし》を作ってくれる。早起きしてだ。

「いつもありがとな」

その言葉を聞いてあかりは立ち止まると、嬉《うれ》しそうに笑う。

「どーいたしまして、未来の旦那様♡　ん～ちゅっ♡」

あかりは投げキッスすると、部屋から出ていってしまう。

ああ、子供の頃の彼女も、よくやっていたな。今のポーズ。変わらないものがあるのは、良いことだ。

「ぬぅ〜……」

あかりは実に不満そうに唇《くちびる》をとがらす。

「やはりおかりんの中で、アタシらの存在はアップデートされてない。なんとかせねば……」

何事かをブツブツとつぶやきながら、あかりが出ていった。

さて、朝の準備をするか。

★

ひげを剃《そ》り、スーツに着替え、朝食をとっている。

「ふぁぁ〜……おはよー……ごらいまふ……しぇんしぇー……」

黒髪美少女が、自分の寝室から出てくる。

彼女の名前は伊那菜々子《ななこ》。あかりの双子の姉だ。

低血圧な彼女は朝が大の苦手なのだ。

……寝ぼけてるからだろう。パジャマのボタンが、上から三つくらい外れてるというのに、気にしてる様子はない。ズボンはずりさがり、パンツの腰紐《こしひも》が見えている。……やれやれ。

「おはよう菜々子。シャワー浴びてきなさい」

「ふぁー……い。しぇーんしぇーい……♡」

ぬへへ……と気の抜けた笑《え》みを浮かべて、菜々子が洗面所へと向かう。

ズボンが完全にずり落ちていた。……まったく、はしたない。

俺はコーヒーを飲みながら、ニュースをぼーっと眺《なが》める。

……最近、色んなことに余裕ができてきた、気がする。

元妻、ミサエと暮らしていたときには、なかったものだ。

たとえば、朝のコーヒーの味を堪能《たんのう》したり、ニュースをぼーっと眺めたりと。

そういう時間的、精神的な余裕が、俺にはなかった。考えなきゃいけないこと、やらないといけないことが、多すぎたから。

……だが今は違う。双子と出会い、元妻と完全に別れた。そして……俺は余裕を手に入れていた。

『まもなくシルバーウィークですね』

ふと、ニュースキャスターがそんなことを言う。

『皆さんどこへ出かけますか～？』

キャスターは俺に対して言ったわけじゃない。ニュースを見てる不特定多数に対しての問いかけだ。それでも、俺は思う。

「どこへ出かけますか……か」

……そういえば、最近ろくに出かけてなかったな。

夏休みには、夏コミがあったし、王子《おうじ》の新作の打ち合わせもあったし……。夏休み中ずっと忙しかった……。

今は忙しさが一段落してる。……シルバーウィークも近い。

「どこか……出かけようかな……」

あかりたちを誘《さそ》って……な。

《あかりSide》

伊那あかりは脱衣所で、妙なものを見つけた。

「お姉？　何してるのさ……？」

「ぐぅ～……」

姉が、寝ていた。脱衣所で、上着を脱いだ状態で、洗濯機にしなだれかかりながら。

「こんなとこで寝るなんて……とんでもねえな……」

もう……とあかりがため息をつき、姉のお尻を強めに叩《たた》いた。

「いひゃい！　もぉ……あかりちゃん、なにするの～？」

今の一発で、姉は完全に目を覚ましたようだ。

と、そこへ……。

「菜々子？　どうした？」

「うひゃあ！　せせせ、せんせえーー!?」

岡谷が、脱衣所に入ってきたのだ。おそらく姉が悲鳴《ひめい》を上げたため、様子を見にきたのだろう。

姉は、割と扇情的《せんじょうてき》な格好《かっこう》をしてる。パジャマを脱いで、お尻を突き出す、というエロティックな格好アンドポーズ。

（これならおかりんは、ムラムラする……？）

しかし岡谷はすぐに引っ込み、呆《あき》れたような声で言う。

「菜々子。はしたないぞ。服を着るなり、風呂に入るなりしなさい」

「は、はひぃ～ん」

……今の状態を見て、あかりはため息をつく。

「ダメダメだこれ……」

「？　どーしたの？」

菜々子がうんしょ、と服を脱ぐ。

「さっきの見た？　おかりん、お姉のそのエロい体を見ても、ぜーんぜん動揺してなかったよ？」

こんなエロい格好の女子高生がいるのに、である。まったくもう！

「ゆゆしき事態ですなっ」

「そー？」

……なんと危機感《ききかん》のない姉だろうか。

あかりは少し語気を強めながら言う。

「あのねえ……お姉。このままじゃアタシら、おかりんをゲットできないよ！」

「!?」

「おかりんはアタシらのこと、完全に子供扱いしてる。保護者ムーブに徹《てっ》してる。このままじゃ、結婚《けっこん》は夢のまた夢！」

二人が望むのは、岡谷との幸せな結婚なのだ。

だが今のままでは、結婚なんて無理だし、付き合うことすら不可能である。

「わ、わたしはそれでも……いいかなぁ……」

「お姉のお馬鹿～！」

ぺしーん！

「あうぅん。あかりちゃん……おしりたたかないでぇ……」

情けない声を出す姉。一方、あかりは鬼の形相《ぎょうそう》で、両手を腰に当てて言う。

「このままではあかんのですよ！　娘ルートになってもいいの？」

「い、いいかも……」

「ダメだよね？　恋人になりたいよね？　お姉もそう思うよねっ？」

「え、え、う、うん……あかりちゃんがそう言うなら……」

「よし！」

姉は押しに弱いところがあると、知ってる。あかりはうなずいて言う。

「お姉、機は熟《じゅく》したよ」

「どういうこと？」

「おかりんの家に転がり込んで、もう二ヶ月くらいっしょ？　ようやく、最近色々なことが、落ち着いてきたじゃん？」

元妻とのバトルだったり、引っ越しだったりと、色んな変化が起きたこの二ヶ月。

それらの変化を経《へ》て、今は少し生活が安定してきた。

「おかりんは過去との因縁《いんねん》を断ち切った。よーやく、リセットを終えた！　今！　我々がすべきことはなんだと思う？」

「わ、わかんな……」

「そう！　攻め！　攻めるの！　押して、押して、押し倒すんだぁ！」

「ふぇええええ⁉」

あかりは思う。こののんびり屋な姉に任《まか》せていたら、一生かかっても望む未来は手に入らないと。

「あかりちゃんは、決意しました。こっから、攻めてくよ！　女子高生パワーで、おかりんのハートを撃ち落としちゃうのさ！」

あかりは両手でピストルを作り、ばきゅん！　と撃つポーズを取る。

「ええ……攻めるってぇ……わたしたち居候《いそうろう》の身だし……図々しくない……？」

「そんなことはない！　さ、お姉……ここから、アタシらのターンだよ！」

「ふぇええ……」

岡谷がいないところで、双子たち（主にあかり）は、そう決意するのだった。

《一花Side》

岡谷の大学の同級生、贄川一花《にえかわいちか》がいるのは、都内某所にあるお屋敷の応接間。

そこには屋敷の主である開田高原《かいだこうげん》と、孫娘の流子《るしあ》が向かい合い座っている。

開田高原。年齢は八十。旧財閥《きゅうざいばつ》を母体とした、開田グループの総帥《そうすい》だ。

日本の政治・経済に多大なる影響力を持つ重鎮だが、背筋はピンと伸びており、鋭い眼光は、とても老人のそれとは思えない。

彼の前に座ると、誰もがそれだけで緊張してしまう威圧感《いあつかん》を放っている。

だが、対する孫娘のるしあはそれを平然と受け止めていた。

さすがは十八歳にして既《すで》に天才ラノベ作家と世間から賞賛されている、選ばれた存在である。


……さて。

一花は現在、そんな彼ら開田一族——両者の間に座っていた。

「一花よ。おぬし、岡谷を好いているようじゃな」

「…………！」

高原はそう切り出す。一花はそのことをちょうど報告しようとしていたところだったのだ。

「お、お爺《じい》さま、ほ、本当なのか?」

孫娘のるしあが、兎《うさぎ》のような赤い眼を、まん丸にしている。

目線は祖父、そして目の前の一花とを行ったり来たりしていた。

「うむ」

一方で高原は実に落ち着いていた。

その瞳《ひとみ》に動揺はなく、重々しくうなずく。

「高原様、お嬢様《じょうさま》、申し訳ございません」

一花は正直に頭を下げる。

「よい、頭を下げるほどのことではないじゃろうて」

「お、お爺さま……しかし……」

るしあが慌《あわ》てる。突然のカミングアウトに動揺したのであろう。

高原はうむ、とうなずく。

「落ち着け流子よ。まだ付き合っているわけではないのじゃろう? であればそこまで慌てる必要はない」

「う～……しかしぃ～……」

高原は、孫が恋に悩む姿を見て、微笑《ほほえ》ましく思っている様子だ。

叱責《しっせき》されるかと思っていたので、ほっとする一方で……。

るしあには申し訳ないという気持ちがあった。

「高原様、発言、よろしいでしょうか」

「構わぬ。申してみよ」

「あたしがその……岡谷くんのことを好きというのは、誰から聞いたのですか？」

「さて、誰だろうな。わしのために、有益な情報を持ってくる輩《やから》は多いからなぁ」

高原と懇意《こんい》になりたい存在は星の数ほどいる。一花が、岡谷を好いているという情報は、その高原に取り入りたいやつの誰かが言ったのだ。

いつ知られてもおかしくはなかった。だから……一花はいつかこの状況が来ることを、覚悟《かくご》していた。

「……あたしは、やはり……クビ、でしょうか？」

緊張しながら、一花が言う。

しかし、一花の予想に反して、高原は朗らかに笑う。

「わはは！　好きにすれば良いじゃろう。人が人を好きになるという思いは、誰かが強制したり、支配できるものじゃないからのぅ」

どうやら一花が孫と同じ男を愛していることに対して、高原は好意的に捉《とら》えている様子だ。

虚《きょ》を突《つ》かれ、何も言えないでいる一花。

「むしろ複数の女から好意を持たれるということは、岡谷はそれだけ、男として魅力的なのであろう。さすが、我が孫娘の心を射止めた男だ、と褒《ほ》めて遣《つか》わしたいくらいじゃな」

「し、しかしお爺さま。そんな悠長《ゆうちょう》なこと言ってる場合では、ないと思います」

るしあが不安そうに口にする。

「このままではワタシは、一花におかやを取られてしまうのだぞ?」

「なら奪《うば》われぬよう、女を磨《みが》いたり、岡谷にアタックすればいいのではないか? ん? 違うか?」

「そ、それは~……うう~……」

一花は、ふと気づく。

どうやら高原は、一花の好意を利用するつもりらしい。

「流子よ、岡谷を誘ってどこかへ出かけるのはどうじゃ? ふむ……そうだな、別荘にでも行くのはどうだ?」

「別荘……」

開田家は各地に、たくさんの別荘を持っているのだ。

「お、お爺さま……それは、と、と、泊まりってこと……?」

「うむ。そのとおり」

「で、でも……」

「流子よ、恋愛とは奪い合いじゃ。このまま手をこまねいていたら、周りの女や一花に大事な男を取られてしまうんじゃぞ」

ドキッとしてしまう一花。るしあに向けた発言だが、人ごとではない。

「うぅ~……」

「ほら、どうする? ん? じぃじにおねだりすれば、全《すべ》ての段取りを整えておくが? ん?」

……さらに、高原はこうして、恋愛をサポートするふりをして、孫娘にじぃじと呼ばせたいみたいだ。

「………わかり、ました」

るしあの覚悟は、決まったようだ。

「じぃじ。お願い……おかやとの仲を深めるの、手伝って?」

「よかろう！　任せておくのじゃ！」

ぎゅーっ、と高原はるしあを抱《だ》きしめる。

「任せておけ流子よ！　なんだったら、日本の法律を変えてもいいぞ?」

「ほ、法律を変えるって……?」

「つまり重婚《じゅうこん》を許すようにする。さすれば、一花も流子も、誰もが幸せになれると思うがな」

「さ、さすがにそれはちょっと……」

一花はドン引きしていた。しかし……。

「……なるほど。初めて……開田の娘で良かったと思えるかもしれない」

るしあは一花ほど、高原の発言を否定的に捉えてない様子だった。

そのことを意外に感じた一花。しかし、考えてみれば開田の家は古くからある、この国の名家の一つ。妾《めかけ》が居てもおかしくはない。

「ちなみにその場合は、この先ずっとわしのことをじぃじと呼んでもらおうかの」

「け、結構だ！　一花、行くぞ！」

「え、あ、はい」

るしあがプリプリと怒《おこ》りながら、高原の元を去っていく。

「一花よ」

高原は一花を呼び止める。

「わしは流子を第一に考えておる。じゃがおぬしやおぬしの弟のことも、家族同然だと思っておるよ」

好々爺《こうこうや》のように、高原が笑う。

「おぬしらの一族は、代々わしの家に仕えてきた。おぬしのことも娘同然に思っておる。じゃから、あまり気にしすぎるな」

仕えている家の主の、孫娘と同じ男を好きになった。

本来ならクビが飛んでもおかしくない状況。

一花は高原の懐《ふところ》の深さに感服した。

「まあ平たく言えば岡谷がおぬしと流子、どちらと結ばれようと、わしの元には優秀な跡取《あとと》り義理息子が来るからな」

「なるほど……全て高原様の手のひらの上と」

「それに重婚の話も、冗談ではないぞ。じぃじにおねだりするのなら、早めにな、と流子に申しておけ」

「それはお嬢様に直接言ってください。それでは」

一花は頭を下げて、部屋を出ていったのだった。

第二章 ■ JKたちとの旅行を計画する

新規ラノベレーベルにして、現在俺《おれ》が働いている職場、SR文庫の雑居ビルで、編集長の上松《あげまつ》さんと打ち合わせをしていた。

「は？　引っ越し……ですか？」

ビルの端っこで、俺は編集長とアイスコーヒーを飲んでいる。

「うん、そう。ほら、今うち手狭《てぜま》でしょ？　だから新しいビルを借りようかと思って」

「ビルって……どこですか？」

「タカナワのビル」

「ぶっ……げほごほっ」

急に上松さんは何を言っているのだろうか。

タカナワ、つまり、俺や編集長が元々居た出版社のビルだ。都内の一等地にある、巨大なビルだぞ……？

「いや……え、そんな金あるんですか？」

「うん、これがねぇ、あるんだよ。不思議なことに」

上松さんは首をかしげながら言う。

「実は開田《かいだ》グループがうちの出版社の出資者になってくれたんだ」

「は……？　嘘《うそ》でしょう？」

「ねー。岡谷《おかや》くんもそう思うよね。ぼくもびっくり」

「その割にはいつもどおりのような……」

「ははっ、驚《おどろ》きすぎて感覚麻痺《まひ》してるのかもね。ともあれ、タカナワがビルを撤退《てったい》するみたいだから、そこの空《あ》いたビルをありがたく使わせてもらうってことになったの」

しかし……開田グループか。

ファミレス、銀行、そのほか諸々。

日本で開田グループの傘下《さんか》じゃない企業なんてあるのか、というレベルで、開田グループは力を持っている。

そんな大企業が、なぜうちの出資者になったのだろうか……？

「先日ね、向こうから打診《だしん》があったんだ。なんでも、ぼくらの方針に感動したんだってさ」

俺たちの前には、二冊のラノベが置いてある。ＳＲ文庫の、創刊ラインナップだ。

業界ナンバーワンの作家・カミマツ先生。

イケメン大人気ラノベ作家・白馬王子《はくばおうじ》先生。

「開田グループの出資があって、たすかったよ。これで彼らに……ううん、彼らだけじゃない、作家先生に十分なギャラが支払える。ほんと、渡りに船だった」

上松さんの理想、それは、埋もれていく才能を伸ばす、そんなレーベルを作りたい。

そんな上松さんの思想に感化され、俺は元いた職場をやめて、ここに来たのだ。

「でも……よくカミマツ先生、うちで書くの、了承してくれましたね。忙しいでしょうに」

「そうだね。だから、ぼくも無理ならいいよって言ったんだ。でも、息子はやってくれるってさ。ぼくのために……だから、ぼくはあの子の父として、編集者として、いい本を作ってあげたい」

上松さんは神作家カミマツ先生の父親なのだ（前の職場のときに教えてもらった）。

だが決して、自分が神作家の父であることを、ひけらかさない。それを交渉材料にしない。

この人はかなり顔が広い。

出版社だって、普通思い立ってすぐ作れるものじゃない。

それを実現できたのは、ひとえに上松さんの人徳のなすところだろう。

「いやいや、二人がついてきてくれたからだよ。本当にありがとうね」

ＳＲ文庫は俺と上松さん、そしてカミマツ先生の担当である、女性編集の佐久平《さくだいら》さん。この三人で、現状回してる。彼女と俺は同期でタカナワに入った仲だ。

「いえ、これからです。創刊ラインナップ発売に向けて、頑張りましょう」

俺と上松さんは、がしっ、と手を組む。

「ところでシルバーウィークのことなんだけど」

「ああ、そういえばそろそろですね」

「そうそう。カレンダーどおり休んで大丈夫だよ」

あっけらかんと、上松さんが言う。

……なん、だと……？

「このところ、まともな休みをあげられなくてごめんね。立ち上げでバタバタしてたからさ。でも落ち着いたし、九月からはカレンダーどおり休みでいこう」

「いや……あの、普通ありえないですよ。ただでさえ、この業界では週休二日はオカシイって言われてるのに」

前の職場では、土日、祝日、出勤が当たり前だった。

ほかの編集に話を聞いたことがあるが、余所《よそ》も休みの日に普通に仕事に出てくるらしい。

シルバーウィークに、カレンダーどおり休むなんて、異常ということだ。

「まあね。ただぼくは、会社の利益より、社員や作家さんたちの幸せを優先したいんだ」

……ほんと、この人についてきて良かったな。

「だから遠慮《えんりょ》なく休んでね」

「わかりました」

「あ、それとまだ先だけど、年末の休みもちゃんと用意するから。十日くらい」

と、十日……？　カレンダーどおり休める上、年末の休みもここまでしっかりくれるなんて……。

「それで、ここ、回していけるんですか？」

「もちろん。人も増やす予定だから」

上松さんがリストを渡してきた。こんなに……。

「いつの間に求人出してたんです？」

「ぼくがヘッドハンティングしてきた。といっても、タカナワをやめた人たちを拾ってきただけなんだけどね」

上松さんは今日の朝刊を手に取って広げる。

そこには、【タカナワグループ　崩壊《ほうかい》の兆《きざ》し】の見出し。

中津川《なかつがわ》前社長の解任をきっかけに、タカナワは不祥事《ふしょうじ》がボロボロと発覚。

事業縮小、社員数もドンドンと減っていっている。

「倒産《とうさん》するんじゃないかってもっぱらのウワサだよ」

「でも……そのウワサ、実現しかねないレベルですよね。人気シリーズも、どんどん余所に移ってますし」

「ねー。まさかうちで『デジマス』と『僕心』の続きを出せることになるなんて、夢にも思ってなかったよ」

『デジマス』――『デジタルマスターズ』。

『僕心』――『僕の心臓を君に捧《ささ》げよう』。

どちらも希代の神作家、カミマツ先生の作品だ。

「カミマツ先生……大人の汚いゴタゴタに巻き込まれて、モチベーション下がってないといいんですけど」

「んー？　大丈夫じゃない？」

ものすごいあっけらかんと、上松さんが答える。

「そんな……先生はまだ高校生、繊細《せんさい》かつ多感な時期なんですから、我々がしっかりサポートしてあげないと」

「いやいや大丈夫。今日も元気にハーレム……じゃなかった、友達と遊んでいるみたいだからね」

上松さんはご家族ととても仲が良い。一度、外で見かけたことがある。

……家族、か。

「どうしたの？」

「あ、いえ……あったかい家族……羨《うらや》ましいです、と思いまして」

本心で俺はそう言った。残念ながら、ミサエとの仲は良好とは言いがたいもので、終わってしまったからな。

「ん？　あれ、岡谷くんって再婚の願望あるの？」

「それは……もちろん」

特にひっかかることもなく、するっと、本心が出た。

上松さんは少し目を丸くしたけど、微笑《ほほえ》みながら言う。

「そっか……あんなふうに、女性に酷《ひど》いことされたから。もう誰とも付き合うつもりないのかと思ってたよ」

そう言われ、確かにそうなってもおかしくなかったなと思った。

妻を、同僚《どうりょう》に寝取られる、なんてトラウマレベルのイベントを経験したのだ。

心を壊《こわ》しかねない。だが、今の俺は別に、精神的に傷ついてることはまったくなかった。

「いい人が居れば、いいね」

「そうですね……いい人が居れば……」

まあ現状、そういうやつはいないのだが。俺の周りに女性は、居ることは居るが……。

菜々子《ななこ》たちは子供だし、るしあは担当作家だ。ほかに……。

「…………」

贄川一花《にえかわいちか》。大学時代の同級生。この間再会した彼女は、あのときと同じ……いや、それ以上に美しくなっていた。

彼女とは仲良くしていた。ミサエが居なかったら今頃……。

……いや、考えても詮《せん》ないことだな。一花は今カレシが居ないとは言っていたが、あれだけ綺麗《きれい》で魅力的な女性なのだ、好いてるやつがかなりいるだろう。こんな、職場を追放されたり、女子高生と同居するようなリスクあることをする、俺なんかとは……釣り合わない。

「あ、そうだ。今日は午後から、るしあ先生と打ち合わせだったね。いってらっしゃい」

「ありがとうございます。では、いってまいります」

「うん、いってらっしゃい」

★

社屋《しゃおく》を出た俺が、るしあとの打ち合わせへ向かおうとした……そのときだ。

プルルルッ♪

電話がかかってきた。

【十二兼利恵《じゅうにかねとしえ》】

前の職場で上司だった、女編集長だ。俺の妻を寝取った編集をかばい、あろうことか、俺をクビにした、酷いやつである。

「…………」

正直、電話に出るか迷った。

今更《いまさら》あの女が、俺に何の用事があって、かけてきたのだろう。

だが、何かあってかけてきているのだろうから、出ないのは社会人として失礼だ。

「はい、岡谷です」

『……岡谷くん。十二兼よ、久しぶりね』

電話口に聞く彼女の声は、憔悴《しょうすい》しきっていた。

「お久しぶりです。どうしたんですか?」

『……実は、あなたに直接会って話したいことがあるの』

彼女の切羽《せっぱ》詰まった声。よほどのことがあるのだろうか。

ちら、と腕時計を眺《なが》める。

るしあとの打ち合わせまでには、まだそこそこ時間があった。

「わかりました。午後に用事があるので、それまででしたら」

『ほんと⁉　ありがとうっ！　ありがとう！』

……まだ話を聞くって言っただけなのだが。

何を感謝しているのだろうか。

「駅前の……ファミレスでお願いします。それでは」

駅前のカフェではあかりが働いているからな。

さすがにもう、大人の話し合いに、あの子を巻き込みたくない。

俺はラインで、るしあに連絡を入れておく。

『打ち合わせ、ひょっとしたら少し遅れるかもしれない。間に合わないようなら、悪いが少し待ってってくれ』

するとすぐ、ＯＫのスタンプが返ってきた。

「よし……」

俺は意を決して、十二兼との話し合いの場へと向かう。

★

ほどなくして、待ち合わせ場所の、駅前のファミレスへと到着。

奥の席へと向かうと……。

「十二兼……さん……？」

そこには、見るも無惨《むざん》な姿の、女編集長が居た。

「岡谷くん……」

かつての彼女は、できる女然《ぜん》とした、ぴしっとした格好《かっこう》だった。

だが……今はどうだろう。

目の下には大きな隈《くま》、髪の毛も肌もボロボロ。

見るからに寝不足で、体調不良なのか、座った状態でもふらふらしていた。

「ごめんなさいね、足を運んでもらって……」

「いえ……大丈夫ですけど」

彼女はふらふらと立ち上がると……。

その場で、膝をついて、頭を下げてきた。

「お願いします、岡谷くん！　うちにまた戻って、私の下で働いてください！」

……突然のことに、この人は何をしているのだろうか、と戸惑《とまど》う。

だが……俺は気づく。

部下に頭を下げるなんて、死んでもやらなそうだった彼女が土下座《どげざ》しているのだ。

「私が間違っていたわ！　どうか……どうか……！　うちに戻ってきてください……！」

「……なんだどうした？」「……いきなり土下座とか、どういうこと……？」

ギャラリーがこちらに注目している。

まずい、店側に迷惑がかかってしまう。

「十二兼さん、やめてください」

「土下座をやめたら戻ってきてくれる⁉」

「なんでそうなるんですか……」

彼女が血走った目で俺を見ている。

正直、まずい。

正常な思考力《しこうりょく》があれば、こんな大勢の前で、大声を出すことも、土下座することも、社会人として間違っていることに気づけるのだろうに。

「とにかく、一旦《いったん》冷静になってください」

「しかし……！」

「冷静に。店に、迷惑がかかってます。椅子《いす》に座ってください」

うぐ……と十二兼は口ごもる。

大人しく、彼女が椅子に戻った。

今まで俺が言うことに聞く耳を持つことなんてなかった彼女が……珍《めずら》しい。

「それで、どういうことなんですか？　戻ってこいとは？」

「……言葉どおりよ。岡谷くん、今うちが、のっぴきならない状況にあること、知ってる？」

「ええ。多少は。倒産の兆しとか」

「倒産の兆し……じゃないわ。このままだと本当に破滅《はめつ》しちゃう……」

「そんなに、急を要する状況なんですか」

「ええ……」

はぁ……と深くため息をついて、十二兼がうつむく。

「カミマツをはじめ、白馬、黒姫《くろひめ》……それに、開田先生も、みんなうちから離れていったわ」

カミマツ先生の『デジマス』や『僕心』は、ＳＲ文庫でリブートする予定だ。

王子やそのほかの先生もまた、別のレーベルで出すみたいだな。

「もう……うちはボロボロよ。そのうえ、有能な人はやめちゃうし……ビルも、追い出されて……今はもう、雑居ビルにすし詰め状態よ」

前の出版社が入っていたビルは、今度ＳＲ文庫が入ることになっている。

「タカナワが苦境の今……救世主たりえるのは岡谷くん、あなただけなのよ」

「買い被りすぎです」

「いいえ、あなたがいなくなって、私はあなたがどれだけ優秀だったのか、気づかされたわ。うちのレーベルを水面下で支えていたのは岡谷くん、あなただってことを」

十二兼は、テーブルにごんっ！　と頭を付けて言う。

「お願い岡谷くん、戻ってきて」

……なるほど。ようするに、俺に戻ってきて、レーベルを立て直してほしいと言ってるのだな。

「すみません、お断りします」

「なっ……⁉　ど、どうしてぇっ？」

目をぎょろりと剝《む》いて叫《さけ》ぶ十二兼。

「俺は、もうSR文庫の人間です」

大恩人である上松さんを裏切れるわけがなかったし、裏切るつもりも毛頭ない。

「で、でも……でもぉ～……うちの方が大きな出版社よぉ？　社会的な地位は、信頼は、うちに居た方が大きいわよぉ」

……この人は、今更何を言っているのだろうか？

「会社の大きさなんて関係ありません。俺は、上松さんが居るから、今の職場を離れたくないだけです」

クビになった俺に、一緒に働かないかと手を差し伸べてくれた大恩人だ。

俺は、上松さんを裏切れない。

「社会的な地位って言いますけど、今、タカナワにどれだけの信用が残ってるんでしょうね」

「ぐ、そ、それはぁ～……」

さっき自分でピンチだと言ったばかりではないか。

俺でなくても、今のタカナワに戻りたいやつなど、居ないだろう。

「俺は上松さんのSR文庫で、この先もずっと働くつもりです。なので残念ですけど、十二兼さんの誘《さそ》いはお断りします。失礼します」

「ま、待ってぇ……！」

がしっ、と十二兼が俺の腕を摑む。

「あなたは捨てるのぉ⁉　この私が、元上司が！　こんなに困ってるのに！　こんなにも頼んでるっていうのに⁉」

「そもそも……俺を捨てたのは、あなたじゃないですか」

「そ、それはぁ……」

「俺なんかよりも、優秀な人はたくさん居るでしょ？　だいいち、そっちには木曽川《きそがわ》が居るじゃないですか」

木曽川、俺の妻ミサエと浮気していた、最低野郎の名前だ。

「俺より木曽川の方がいいんですよね？　そう言ってたじゃないですか」

確かに、十二兼は、俺をクビにするときに、木曽川を引き合いに出してこき下ろしてきた。

だが……彼女の顔には、憤怒《ふんぬ》の表情が浮かぶ。

「あんな使えないクズ！　もうとっくの昔にクビになったわよ！」

……あれ、そうだったか？　いや、そうか。前に、酔《よ》ったあいつに会ったとき、そんなこと言っていたな……。

「あんなクズよりあなたの方が何万倍もマシだった！　お願い岡谷くん！　戻ってきて！」

……何度言われようと、俺の答えは変わらない。

「あなたのような部下を信じない人に、仕《つか》える気はサラサラありません。俺が言ったことを、よく考えもせず切り捨てた。そんなやつの元で働きたいと、どうして思えるんでしょうかね？」

「ああ……そんな……」

十二兼がうなだれ、動かなくなる。

俺を引き留める気力は、もう彼女にはないのだろう。

そう、結局は自業自得《じごうじとく》なのだ。

「失礼します」

力なくうなだれる十二兼の横に二人分のコーヒー代を置いて俺はファミレスを出ていったのだった。

★

るしあとの待ち合わせ場所は、俺の自宅である。

最初は近くの喫茶店《きっさてん》で、と思ったのだが、終わったらあかりたちと遊ぶから、という彼女の主張に折れた形だ。

三人の仲も深まったようで、俺としても好ましい状態である。

「どう、だろうか?」

俺の前には日本人形のような、小柄な、美少女が座っている。

真っ白い髪に赤い瞳《ひとみ》が、兎《うさぎ》を彷彿《ほうふつ》とさせる。

彼女は開田るしあ。俺が担当する作家の一人だ。

おそらく、彼女が聞きたいのは、原稿のことだろう。

だが俺は以前、どうと聞かれて、実は服装を尋《たず》ねられていたことがあった。

「そうだな。今日の服も似合ってるぞ」

彼女は仕事相手なのだが、彼女たってのお願いで、敬語ではなくこうして砕《くだ》けた口調で話してる。

「ほっ、ほんとうかっ！」

本日のお召しものは、ミニスカワンピースに、青い薄手のカーディガン。

スカートから伸びる生足は白く、艶《なま》めかしい。

「ふふっ、そうか……三郎《さぶろう》と頑張って、こぉでぃねーとしたかいがあったというもの……じゃなくって！」

るしあが顔を真《ま》っ赤《か》にして叫ぶ。

「原稿のことだッ！　誰が服の感想を言えとっ！」

「ああ、そうだったのか。すまない」

「い、いや……謝《あやま》ることはない。ワタシはその……嬉しかったし……うん……すごく、すごく……えへへ♡」

顔を赤くして、もじもじする。

怒《おこ》っていると思ったのだが、存外《ぞんがい》嬉しいらしい。

やはり思春期女子の心はわからないな。

「原稿は完璧《かんぺき》だ。これで校了。お疲《つか》れ様でした」

「ああ、おかやも、何度もチェックありがとう」

「いや、こっちも、クドいくらいに直させて悪かったな」

「とんでもない！」

ふるふる、とるしあが首を大きく振る。

「おかやの指摘は、より良い原稿を作るための修正ではないか。お前のおかげで、ワタシの新作は最高の出来になったと自負している。さすがおかやだ」

「ありがとう。けどるしあが頑張ったから良いものになったんだ。俺はただそれのアシストをしただけだよ。すごいのはおまえだ」

「では、二人で作り上げた傑作《けっさく》ということで」

るしあは満足げにうなずく。

彼女がうち（SR文庫）で出す新作は、冗談抜きで最高の出来になっている。

アニメ化も視野に入れていける作品だと俺は思っている。

この間までは、アニメは会社の規模的に無理だと思っていたが、今は潤沢《じゅんたく》な資金があるようだ。

この金を使って、さらにるしあの新作が、たくさんの人に知ってもらえるようにしなければ……。

「っと、そうだ。るしあ。二つ連絡事項だ。一つはイラストの件だが」

ラノベはイラストも、売り上げに関わる重要なファクターである。

「すまん、キャラクターデザイン、上がってくるのもう少しかかるみたいだ」

「そうか。確か、みさやまこう先生だったな」

「ああ。『僕心』……カミマツ先生の二作目のイラストや、有名ＶＴｕｂｅｒ【ワインの兄貴】のキャラデザを担当してる、神絵師だ。ちょっと今体調を崩《くず》されているらしい」

この間、予定どおりイラストが上がってこなかったので、みさやま先生にメールした。

すると『夏風邪《かぜ》引いてますすみません、ほんと風邪なんでほんと』と返信があった。

「そうか……夏風邪か。みさやま先生にはご自愛くださいと伝えてくれ」

「わかった。先生にそう伝えておくよ」

まあ筆は速い方だから、スケジュールは大丈夫だと思うけどな。

「もう一つの連絡とは？」

「今作品のタイトルだ」

「むぅ……タイトル」

きゅっ、とるしあが顔をしかめる。

「まだ余裕はあるが、そろそろタイトルを決めたい。宣伝を打つ関係もあるからな」

「そのことなんだが、とても悩んでいるのだ……」

るしあはデビュー作となる一作目、『せんもし』が完結して、今回は二作目となる。

「どうにもしっくりくるタイトルが思いつかなくてな……」

世の中の小説家には、二つのタイプが居る。

タイトルを先に思いつくタイプとタイトルをあとから付けるタイプ。

「るしあは、『せんもし』のときはどうしたんだ？」

「あのときはスルッと、書いてる途中に思いついたのだが、今回は最後まで原稿を書いても、思いつかないんだ」

「そうか……」

うーん、と俺たちは首をかしげる。

「おかや、何か良いタイトルないかな？」

「そうだな……」

俺がここでこういうのはどうだ、と提案するのはたやすい。だがこの作品の作者は、るしあだ。

作者にとって作品は子供。子供の名前ってやつは、親の思いが詰まっているもの。

……俺もラノベ作家だったからこそ、わかるのだ。作品のタイトルってやつが、どれだけ大事なものかと。だからこそ、俺は作者《るしあ》に、決めてもらいたかった。

「候補《こうほ》を出しても良いけど、もう少し考えてみないか？」

「まあおかやがそう言うなら。ううーん……」

るしあが唸《うな》っていた、そのときだ。

「二人とも、ちょっと休憩《きゅうけい》しない？」

あかりが、俺たちの前に麦茶の入ったグラスを置く。

今日はチューブトップにホットパンツという、非常に露出《ろしゅつ》の多い服装をしてる。

「あんまうんうん唸ってても、良いアイディアは出ないと思うよ。一息つきなって」

「あかりの言うとおりだな。少し休もう、るしあ」

「うむ……そうだな」

俺、るしあ、あかり、そして菜々子は、リビングのテーブルを囲んでいる。

おやつは芋羊羹《いもようかん》と麦茶。

「うまぁ～～～～～～～～～～～～い♡」

るしあが頬《ほお》を手で押さえて、歓声《かんせい》を上げる。

目を閉じて、「ん～♡」と体をよじっている。

「なんだこの芋羊羹はっ。美味《うま》すぎるぞっ！　こんな美味いものは初めてだっ！」

「そりゃー良かった。作ったかいがあるってもん」

「なんと！　この羊羹、自作なのか⁉」

にしし、とあかりが嬉しそうに言う。

あかりが作った芋羊羹を口にする。

口の中に芋のなめらかな食感が広がる。

麦茶で流すとこれがまた合う。

「どうおかりん？」

「ああ、いつもながら美味い」

「にひ～♡　やったぁ‼　おかりんが褒《ほ》めてくれたー！　ちょー嬉しー！」

いえーい！　とあかりが手を上げて喜ぶ。

ぷるん、と大きな乳房《ちぶさ》が揺《ゆ》れる。

「くっ……！　あかりめ……なんとずるい。おかやの胃袋を掴む作戦かっ⁉　菜々子、ずるいとは思わぬか？」

「ふぇー？　もぐもぐ……ふぁにー？」

菜々子は一心不乱に羊羹を頬張っていた。

どうやら会話を聞いてなかったようだ。

「お前は少し危機感《ききかん》を持てっ。だいぶ妹にリードされてるぞっ！」

「ききかんー？　はて？」

「……もういい」

はぁ、とるしあがため息をつく。

俺はさっきから、気になっていることを、あかりに言う。

「あかり」

「はいはい♡」

「そのかっこう……」

「あ、気づいた？　今日はチューブトッププラスへそち見せスタイルで、おかりんを悩殺《のうさつ》しようかなーって♡」

「風邪引くから、カーディガンか何か羽織《はお》りなさい」

九月とはいえまだまだ暑い。部屋の中とはいえ、冷房を効《き》かせている。

薄着《うすぎ》していたら風邪を引いてしまうからな。

「んもー。おかりんってば優しいんだからっ。……でも、もーっちょっとさぁ、こう……動揺《どうよう》して
ほしいなーなんつって」

「お前も苦労してるのだな、あかり」

るしあが同情のまなざしをあかりに向ける。

一方であかりは苦笑しながら答える。

「あんがと。るしあん、あんたも苦労してるのね。仕事中まったくピンク色な雰囲気《ふんいき》にならないし」

「そうなのだっ！　こんなにも頑張っているのに、振り向いてくれない……！」

菜々子はむぐむぐもぐもぐ、と羊羹を頬張っている。

「菜々子。口についてるぞ」

俺は菜々子の口周りについた芋羊羹を、ハンカチで拭《ぬぐ》う。

「……えへへっ♡　ありがとう、せんせぇ」

「このムーヴ、やはりおかりんはアタシらを子供としか見ていない……最大の敵は大学時代の女か」

「ああ……やつは強い。そして美しい。強敵だ」

二人はよくわからない話題で盛り上がっているようだ。

「ところで二人とも、俺、今日からカレンダーどおりの休みになった」

「ってことは……土日祝日休み？　って、じゃあ！　シルバーウィークはまさか……！」

「ああ、まるまる休みだ」

「「「おー！」」」

双子が笑顔になる。なぜかるしあまで喜んでいた。

「やったー！　シルバーウィーク、おかりんとずっと一緒に居られるなんて～！」

「……嬉しいですっ♡　はっぴーです～♡」

あかりと菜々子が立ち上がると、俺の両隣に座って、ぎゅーっと抱《だ》きついてくる。

やはり、まだまだ親に甘えたい時期なのだろう。

「夏休み、どこにもつれてけなくてすまんな。だから、このシルバーウィークはどっか行こうと考えてる」

「……どこかというと？」

「旅行とかどうかな」

「「「旅行ぅ……!?」」」

だから、なぜるしあが驚くのだろうか。

「旅行なんてダメだー！　行くならワタシも連れてってもらいたいぞ！」

るしあが顔を赤くして叫ぶ。

「おかりんたちと水入らずで旅行なんだから、ちょっとは遠慮してほしいかなーって思う。ねー、お姉？」

「……そ、そうだぁ。るーちゃん、空気を読むんだぁ」

と、そのときだった。

「ダメよ岡谷くん！」

ばんっ、と窓ガラスを誰かが叩《たた》いた。

「って、贄川……？」

窓の外には、俺の大学時代の友人、贄川一花《いちか》が立っていた。

るしあのところで、お手伝いさんとして働いてるらしい。

「しまった……！」

かぁ……と一花が顔を赤くして、あわあわと慌《あわ》てる。

俺はベランダの窓をがらりと開ける。

「おまえ、何してるんだよ？」

「え、っとぉ……その……」

俺の隣《となり》に、るしあがやってくる。

「一花、迎えにくるのが少々早いのではないか？」

るしあの瞳には猜疑心《さいぎしん》がありありと浮かんでいた。

一方で一花は、完全に気おされている。

「お、お嬢様《じょうさま》が……その、し、心配でっ」

「ほぅ……ワタシの何を心配してるのだ？」

しどろもどろの一花。

一方でるしあは背後から極寒のオーラを漂《ただよ》わせながら問い詰めている。

「だ、だって……お、男の人の部屋に、女子高生が三人って……間違いが起きたら、どうするんですかっ？」

「間違いとはなんだ、言ってみろ一花？」

かぁ～……と一花は顔を真っ赤にして、顔の前で指をつつきながら言う。

「だ、だから……よ、四ぴ」

「セクハラ警察はいりまーーーす！」

「……ぴ、ぴぴー！」

あかりと菜々子が、そこに割って入ってくる。

「あ、あなたたち……岡谷くんの……」


「「妻です」」


あかりは堂々と、菜々子は妹の陰《かげ》に隠《かく》れながら、そう言った。いやいや……。

「違う。俺が保護してる子供たちだ」

そういえば贄川には、この子たちの説明をしていなかったな。

あとできちんと言っとかないと。

「あかりちゃんわかっちゃいました。この人が、実はおかりんの昔の女だったのねっ？」

じとっ、とあかりが贄川をにらみつける。

「む、昔の女って……別にあたしは、岡谷くんとはただの友達で……」

あかりににらまれて、完全に萎縮《いしゅく》している。

怒ってるときのあかりは誰よりも怖いからな。

「友達ってどこまでの友達？　セフレ？」

「せ……⁉　ちょっと岡谷くん、今どきのＪＫってこんなに破廉恥《はれんち》なの⁉」

「ハレンチじゃないもーん。普通だもーん、ねえおかりん？」

……なんだかややこしいことになってきたな。

「一旦落ち着けおまえら。るしあを見習え」

うむ、とるしあはうなずいて言う。

「ではこうしよう。この場に居る全員で、ワタシの家の別荘へ行こうではないか」

どうやら落ち着いていたのではなく、考え込んでいたらしい。

「……べっそう？　るーちゃん、別荘なんて持ってるの？」

「うむ。おかや、ワタシは今年のシルバーウィーク暇《ひま》なのだ。おまえさえ良ければ、一緒に旅行へ行かないか？」

なるほど……ようするに、るしあは双子を遊びに誘ってくれているのか。

「アタシ、行きたーい」

「……わたしもっ、です！」

るしあは贄川を見る。

「お前もついてこい、一花」

「お嬢様……よろしいのですか？」

「ああ。ワタシが望むのはフェアな勝負だからな」

「お嬢様……！」

まあ二人が、友達と遊びに行きたいというのなら、行かせてあげよう。

「いいぞ。俺は留守番をしているから、彼女たちを連れていってやってくれ」

「「「ちょっと待て」」」

全員が、そろって俺に言う。

「え？　おかりん、何他人事みたいに言ってるの？」

「だって、贄川もついていくなら、男の俺が行くのはまずいだろ」

「「「それじゃあ意味がないんだよ！」」」

……結局、男手も必要だということで、俺も同行することになったのだった。

間章■JKたち、それぞれの前日

《あかりSide》

シルバーウィーク前日。あかりは駅前の食堂で働いていた。

「Aセット一つ！」

「Bセットできたよー！　もってってー！」

明日はみんなで旅行に行くのだ。楽しみで仕方なく、仕事に熱が入らない。

「あかりちゃーん！　ぼーっとしてないで手を動かして～！」

食堂のおばちゃんが、ぼさっとしてたあかりに気づいた。

「はいよー！　ランチできたよー！　もってってー！」

……鬼のような忙しさも、昼時を過ぎれば収まる。

ピークが過ぎると、みんなでお茶、というかまかないを食べる。

外にCLOSEの札をかけて、客席にアタシたちが集まる。

今日は余ったビーフシチューだ。

「ん～♡　おいし～♡」

おばちゃんの作る料理はどれも絶品だ。

だがただ味わうだけじゃない。

「なるほど……肉はいい肉を使わなくてもいいんだ……勉強になるなぁ」

「あかりちゃんは勉強熱心だねぇ」

おばちゃんが笑いながら、あかりに麦茶を出してくれる。

ここのオーナーの奥さんで、とっても優しい。

あかりは彼女に感謝してる。見た目が派手な自分を受け入れてくれるから。

別に髪の毛を染《そ》めてるわけでも、カラコンを入れてるわけでもない。

でも世間の人たちの彼女を見る目は厳《きび》しい。

あかりがチャラい身だしなみをしているだけでバイトをやらせてくれない。

しかしおばちゃんは違うのだ。

「旅行前だっていうのに、出てきてもらって、ごめんね」

「んーん、気にしないでおばちゃん。アタシこれ、好きでやってることだし。なんてーの、花嫁《はなよめ》修業？　的な」

「あっはっは！　なるほどねぇ。あかりちゃんなら良いお嫁さんになるよ。可愛《かわい》いし料理上手だし、真面目《まじめ》だし」

「にひー♡　せんきゅーおばちゃん！」

あかりはまかないを食べ終えたあと、ホールの掃除をする。

「ところであかりちゃん、明日だっけ？　彼氏と旅行？」

おばちゃんがテーブルを拭《ふ》きながら尋《たず》ねてくる。

「そう……！　明日から……【ハワイ】に行くんだ！」

「へえ！　ハワイ！　いいなぁ」

あかりたちの旅行先、るしあの別荘があるのは、日本から離れた海外であった。

当初聞いたときは大変驚《おどろ》いたモノだ。

「あれ、あかりちゃんってパスポート持ってたの？」

「ううん！　取った！　結構簡単に取れるんだよねえ」

「いいねぇ！　彼氏と旅行かぁ、羨《うらや》ましいねえ！」

「へへっ？　でっしょー！」

まあ……彼氏ではないのだが。

でも、ここではあかりは、彼氏持ちってことにしてる。

「彼、年上なんだっけ？」

「そう！　優しくて格好《かっこう》良くって、素敵な人なんだ～♡」

「いいねぇ。ねえねえあかりちゃん、今度お店に連れてきなよ、彼氏」

「えー……？　それは……ちょっとなぁ……」

「うちの大事な看板娘の彼氏、おばちゃんも見てみたいんだけどね～」

「えー……んー……やっぱやだなぁ」

「おや、どうしてだい？」

「んー……おかりん……彼氏には、アタシが働いてるとこ、あんま見られたくないんだよね」

あかりが食堂で働くのは、将来のためだ。

お金を貯《た》めることはもちろん、料理を勉強して、岡谷と姉に、美味《おい》しいものをたくさん食べてもらうため。

ようするに、努力してるとこ、見られたくないのだ。

あらためて考えると気恥ずかしいが。

「なるほど……。あかりちゃんは旦那《だんな》に要らぬ心配をかけたくないんだね」

「そゆことー。おばちゃんわかってる～」

あかりのこの気安い態度も、おばちゃんは笑って許してくれる。

あかりのこと、ちゃんと尊重《そんちょう》してくれる。

だからここが、岡谷《おかや》の家の次に、居心地《いごこち》いいんだよね。

一番は岡谷と、姉の居る、あの家。

あそこに居たときと今とでは、天と地の差がある。

あの地獄から救ってくれた、岡谷には、感謝しきりである。

「あ、そろそろ上がる時間だね。二十分前だけど、いいよ、もうタイムカード切って」

あかりはタイムカードを切って、おばちゃんの前で、しっかり頭を下げる。

「お疲《つか》れ様でした！　めっちゃ遊んで、楽しんできます！」

ぽんっ、とおばちゃんがあかりの肩を叩《たた》いて言う。

「おうさ、しっかり遊んできなっ！」

《菜々子Side》

「……チョビ、大変です。もうすぐみんなで旅行です」

菜々子《ななこ》はソファに寝そべって、お腹《なか》の上に飼い犬のチョビを乗せている。

彼女とチョビは心の友と書いて親友なのだ。

「……これはすごいことです。旅行なんて、何年ぶりだろう……？」

あの人が菜々子らに、旅行なんて贅沢《ぜいたく》をさせてくれなかったのだ。

あの頃は辛《つら》くて、苦しくて……。だから、今がとっても幸せなのだ。

「ただいまー、お姉」

「……あかり、おかえりなさい」

ぱたぱた、と菜々子はチョビを連れて、妹を出迎えに行く。

「なか涼《すず》しい～。ごくらくだね～」

あかりがバイトから帰ってきた。

妹は、偉い。将来を見据《みす》えて、バイトしている。

花嫁修業と、貯金だそうだ。

……すごいなぁ、菜々子は素直に感心する。

「お姉は今日も引きこもりー？　部活も入ってないから平日ひまっしょー？　放課後どっか遊びに行けばいいじゃん？　それかバイトするとかさー」

あかりがソファに座ってそう言う。

「……じ、自宅警備の方が、しょうにあってるので」

「お姉は昔からインドア派だなぁ～」

外で遊ぶより、家で本を読んだり、勉強したりしてる方が、落ち着くのだ。

「……外は刺激が多すぎます」

「刺激ね～……」

にやにや、とあかりが意地悪な顔になる。

菜々子は知っている、こういうときに、あかりは何かしでかすことを。

お姉ちゃんだから、知っているのだ。

「じゃっじゃーん！　これ見てお姉！　買ってきちゃったー」

「？　それは……なに？」

あかりが持っているのは、手のひらに収まるくらいの、小さな箱。

【めちゃうすい】って書いてある。

はて……と菜々子は首をかしげた。

「見りゃわかるでしょ、避妊具《ひにんぐ》ですよ、ひーにーんぐー」

一瞬妹の言ってることを理解できなかった。避妊具。

すなわち、性行為に使う道具。

「……い、いけません！　返してきなさいっ！」

「えー、だって必要じゃん？」

一転して、真面目なトーンで、あかりが言う。

「迎え入れる準備も覚悟《かくご》もできてないのに、赤ちゃんできちゃったら、その子が不幸だし、何より
おかりんにめーわくかけちゃうもんね」

あかりは、結構しっかりしている。

避妊具の重要性をわかっている。

だが……そういうことではない。

「……せ、せんせえと、その……そ、そーゆーこと、す、するつもりなの？」

「え？　しないの？　逆に聞くけど」

妹は……大人の階段登るつもりだったー！

「せっかくの彼氏との旅行だよ？　思い出……作りたいじゃん？」

「……か、彼氏って……まだ、お付き合いも、してないよ？」

「甘い甘い、甘すぎるよ。グラブジャムンより甘いよ」

「ぐら……じゃむ？」

「相手はあのおかりんだよ？　アタシらのこと、完全に女じゃなくて、子供だと思ってる。待って
るだけじゃ、絶対振り向いてくれないよ？　お姉も嫌《いや》でしょ？」

「……それは、嫌です」

岡谷は、彼女たちの恩人。

今まで、彼以上に優しい大人に、会ったことがない。

岡谷はあかりたちを、大人として守ってくれる。

でも……菜々子は、彼に振り向いてもらいたい。

子供として守られるんじゃなくて、大人として、彼のそばに居たいのだ。

「じゃ、やるしかない★」

「……極端《きょくたん》すぎるのでは？」

「アタシらの一番の武器はなにかね、お姉くん？」

びしっ、とあかりが菜々子……の胸《むね》を指さす。

「……………お、おっぱいでしょうか、あかりんせんせえ！」

「正解。いくらおかりんでも、アタシらのこの発育しきったボディで迫《せま》れば、メロメロって寸法よ」

あかりはうなずくと、菜々子の後ろにまわった。

そして胸を揉《も》んできた。

「……め、メロメロ……なってくれるかなぁ？」

「なるなる。この爆乳《ばくにゅう》でこすったり揉んだり、挟《はさ》んだりすれば、おかりんの枯れ木も満開ってもんよ！」

「……………？」

急に妹は何を言ってるんだろう?

「お姉に下ネタは通じないんだった。んま、とにかく勝負だよお姉。この十日で、しっかり関係を持たないと。このあとも保護者と子供コースだよ?」

保護者と子供。

この先ずっと、それは……それで幸せかもしれない。

けど……菜々子は、それは嫌だと思った。

異性として、女の子として、見てほしい。

「が、がんばりますっ!」

「よっしゃー! おかりん待ってろよー! 美少女巨乳《きょにゅう》JKが悩殺してやっからなー!」

第三章　JKとハワイ旅行

シルバーウィークになった。

俺《おれ》、菜々子《ななこ》、あかり、るしあ、一花《いちか》。

以上の五名で、るしあの別荘がある……ハワイへと向かっていた。

最初、別荘がハワイにあることに驚《おどろ》いた俺たち。しかも、行き帰りの飛行機代まで出してくれるという。……遠慮《えんりょ》したのだが、しかしご厚意《こうい》をむげにはできなかったので、お願いすることにした。

俺たちが乗っているのは、飛行機だ。

羽田《はねだ》空港発、ホノルル行きの飛行機に乗った（成田《なりた》空港発かと思ったのだが、最近は羽田空港からもハワイに行けるのだそうだ）。

だいたい八時間もあれば、ホノルルへ到着できるらしい。

「ひゃっほー！　あっがりー！」

「……あかり、つよつよです」

「くっ……！　またあかりが一番だとっ！　不公平だぞっ！」

あかりたちはトランプをしている。

飛行機はるしあのお爺《じい》さんが手配してくれたのだ。ラノベ作家としてデビューするときに、電話で話したことがある。話すのはそれ以来だった。

三十近いおっさんが一緒だというのに、よく許してくれたなと思った。

だがお爺さんは俺を信頼してくれているらしい。俺の、編集としての仕事っぷりから、人間性を評価してくれたらしい。

まあ、俺はＪＫ組の保護者役だからな、間違いが起きるなんて思ってないのだろう。

しかし……飛行機か。最初見たとき、俺たちは驚いたもんだ。


『プライベートジェットとか！　るしあんマジちょーお金持ちじゃーん！』

『う、うむ……その、実は祖父がかなりの資産家なのだ。その……皆、隠《かく》しててすまない……』

『ほえ？　隠してた？　別に言ってなかっただけじゃん？』

『え？　ま、まあそうだが……しかし……意図して言わなかったのは隠してたってことだし……』

『ぜーんぜん気にしてないよ！　ね、おかりんも、別にるしあんがドを越えたスーパー金持ちだろうと、全然関係ないよね！』

『もちろんだよ』

『おかや……！　みんな！　ありがとう！』


と、飛行機に乗る前にそんな一幕《ひとまく》があった。

るしあは自分が金持ちって見られるのが嫌《いや》だったのだろう。

でも俺も、あかりたちも、それを知ったところで態度を変える気はまったくなかった。

俺にとってるしあは大事な担当作家だし、あかりたちにとっては、大事な友達。

それ以上でもそれ以下でもないからな。

「おかりーん、一緒にやろーよー。るしあん弱々でさー」

俺は通路を挟《はさ》んで、反対側の椅子《いす》に座っている。

あかり、菜々子、るしあは、三人でトランプしているのだ。

あかりは、背中までぱっくり開いたシャツに、尻が見えるんじゃないかと不安になるレベルのミニスカート。

菜々子は、ロングスカートに半袖《はんそで》シャツという、清楚《せいそ》な出《い》で立《た》ち。

るしあは、真っ白なワンピースに、膝の上には大きめの麦わら帽子という、お嬢様《じょうさま》の服装。

「あそぼー、おかりん？」

「いや、俺はいいよ」

せっかく友達同士で楽しんでいる中、大人の俺が交じるのは良くないからな。

「じゃー、一花ちゃん、やるー？」

あかりが俺の隣《となり》に座る彼女に言う。

髪の毛をアップにまとめた、黒髪の美女、贄川《にえかわ》一花が座っている。

白いチノパンにノースリーブのシャツ。

長い黒髪は瑠璃《るり》色のクラシックなバレッタでまとめ上げていた。

「いいえ、あたしは結構よ。せっかく若い子同士で楽しんでるんですもの、水差したくないわ」

「……大人の意見どーも。でも……アタシ知ってますけどねぇ」

じとー、っとあかりが一花を見やる。

「【おかりん争奪《そうだつ》大ジャンケン大会】で、アタシたちに勝って、大喜びしたくせに〜」

「まったく、子供かと思ったぞ一花」

「……両手上げて、えいどりあーん、でした」

俺たちが乗っているプライベートジェットは……二人がけの席が二列。

なぜか知らないが、全員が俺の隣に座りたがった。

公平にジャンケンで決めることになり、贄川が勝利を収めたのである。

「だ、だって……しょうがないじゃない。岡谷くんと旅行なんて、大学卒業以来だし……嬉しくって」

俺の左隣でもじもじする贄川。

ノースリーブのシャツのボタンを、二つほど外している。

身をよじるたび胸《むね》が揺《ゆ》れ、さらに谷間が強調される。

「「ぴぴー！　セクハラ警察です！」」

あかりと菜々子が席を立ち、贄川の前に仁王立ちする。

「一花ちゃん……そのかっこうアウト！」

「……あ、あうとー！」

ぎろり、とあかりがにらみつける。

「一花ちゃん、ボタンは首元までちゃんとしめてくださーい」

「い、いいじゃない……別に……仕事中じゃないんだし……」

「と、おっしゃってますが、どう思いまするしあん？」

るしあはお行儀《ぎょうぎ》良く椅子に座って、紙コップ入りのお茶を飲んでいた。

俺は二人を見て言う。

「あかり、菜々子、座りなさい。るしあを見習って」

「「ひゃい……」」

トボトボ、と自分の席へと戻っていく双子ＪＫたち。


しばらくすると、ホノルルにもう少しで到着するというアナウンスが流れてきた。

あかりが、ガイドブックから目線を上げて言う。

「八時間フライトって聞いたときは、マジ大丈夫か？　って思ったけど、けっこー早いねぇ」

「うむ。普段はワタシもこの時間苦痛だった……が、今日は存外《ぞんがい》早く着いた。ありがとう、二人とも」

るしあが双子たちに言う。楽しい時間はあっという間に過ぎるものだからな。

「ねえねえ、るしあーん。今日泊まるとこなんだけどさー」

あかりが自分の席に戻って、るしあに尋《たず》ねる。

「るしあんの別荘に泊まるんでしょ、どこにあるの、別荘」

「正直ワタシはここの地名をよく知らないんだ。空港に迎えのものが来るから、車に乗って向かう感じになるな」

「まー、外国のことってアタシもよく知らないんだよねー」

それはまあ俺も同じだ。

「で、何の話だっけ……ああ、そうそう。今日から泊まる場所だ、どこになるんだろうね」

「ワタシのお爺さまが用意してくださった別荘だ」

「別荘かー、どんなとこだろ……るしあんちょー金持ちオーラばりばりだし……山まるごと一個！　とかあっても不思議じゃないね」

「ふむ……確か……【ＫＩＤホテル】、とかいったな」

え!?　と驚き、あかりがバッグから、別の旅行雑誌を取り出す。

ＫＩＤホテルというのは、ホノルルのビーチ近くに建っている、ホテル群のことだ。

「……わぁ！　すごい、ぷらいべーとびーち、あるよ！」

「それだけじゃないよ、お姉。ホテルの近くにはショッピングモールあるし、ボーリング場、ゴルフ場……。あと、でっかいプールまで！　そのほかたくさんのアミューズメント施設を併設した、すっごいでっかいホテルなんだから～」

「……わぁ、素敵～♡」

双子たちが黄色い声を上げる。さすが、資産家。こんな超高級ホテルを用意してくれているとは。

「るしあ」

「なんだ……おかや？」

「本当に、ありがとう。まさか、こんな良いところを用意してくれてるとは思ってなかった。二人に、良いハワイの思い出を作ってやれるよ。おまえのおかげだ」

「………………」

るしあが顔を赤らめて、ふにゃっと笑う。

「礼を言うのはこちらの方だよ、おかや。お前がいなかったら……ワタシは、友達とこうして旅行できなかったからな」

「……そうか」

るしあの目から……ちょっと涙がこぼれていた。

資産家の家に生まれて、良いことばかりじゃないみたいだ。色んな苦労があったのだろう。

「良い旅行にしよう」

「うむ！　そうだなっ！」


ほどなくして、飛行機はホノルルの空港に到着する。

羽田空港は結構広くて、おしゃれだった。一方、ホノルルの空港は、少し落ち着いてる感じがする。

空港を出てすぐに感じたのは、猛烈《もうれつ》な寒さだ。

「どひゃー！　クーラーききすぎっしょ～！」

「せんせえに言われて、上着持っていて良かったです」

空港内は容赦《ようしゃ》なく冷房がかかっている。九月だっていうのに、普通に寒い。

ネットで検索したら、ハワイはどこも冷房がかなりガンガンきいてる、って書いてあった。

行きの飛行機は、乗務員が気を利かせてくれたのか、あまり寒さを感じなかったのに。

パスポートを見せたり、荷物を回収したりしたあと、俺たちは空港を出た。

「ぬわぁあああ！　今度はアッツぅ～～～～～～！」

……肌を刺すような、強烈な日差しが、俺たちを襲《おそ》う。

日本の夏は、じめっとした暑さ。こっちはあまり湿気を感じない。

そのかわり、日差しが日本のレベルを超えていた。

「おかりんの言うとおり、飛行機の中で日焼け止めぬっといて正解だね！」

「おかやはホント、かゆいところに手が届く男だなっ」

るしあは日傘そしてさらに帽子……と誰よりも日焼け対策をしてる。

俺たちを出迎えたのは、この暑いのに黒いスーツを着た男だった。

「お待ちしてました～。お嬢様、と、そのお友達、と岡谷《おかや》様」

話しぶりから、るしあの知り合いっぽかった。

「うむ、暑いのにご苦労。皆、彼は祖父のお手伝いをしてる男で、一花の弟でもある」

「どうも～。贄川三郎《さぶろう》っていいます～」

ひらひら、と手を振る三郎。一花の弟か……初めて見たな。こんなごつい弟がいたのか……。

「よろしくお願いします、三郎さん」

「いえいえ、こちらこそ、お義兄《にい》さん」

……なぜかニヤニヤする三郎。

一花はそんな弟の足を踏《ふ》んづけていた。

「じゃま、さっそくお車に移動しましょう！　こっちっす～」

三郎が用意した大きな車に、荷物を載《の》せる。

俺たちが乗り込むと、車が出発する。

「どっひゃー！　日本と車線が違うから、なんか怖いわ～！」

「……みんな左ハンドルですね。あ、見てあかりちゃん、日本車だよぅ！」

「わ、ほんとだ！　へー、ハワイなのに、結構日本車も走ってんだねえ！」

あかりと菜々子は初海外ということで、結構はしゃいでいる。

「どうしたの岡谷くん。テンション低いけど」

「ん……別に。そんなことないよ」

一花が心配してきた。さすがだな、彼女は。よく見ている。

ハワイは、まあ……来たことはあるんだ。けど、あんま良い思い出じゃなかったんだよな。

まあ、わざわざそんなこと言う必要はない。せっかくの楽しい旅行に、水を差したくないからな。

「もうちょっとで別荘につきまっせ～！」

……そう言って、三郎が車を飛ばすことしばし（今更《いまさら》だが三郎は海外での運転免許を取得してるらしい。一花もらしいが）

目的地である、るしあの祖父の知人の経営するホテルへとやってきた……のだが。

「あ、あれ？　ねえ……なんか、人いなくない？」

「お客さんいないです……？」

おかしい。ＫＩＤホテルは、すごい人気のホテルだ。

しかも今はシルバーウィーク。日本人観光客がわんさか居るはずだ。

現に、隣のホテルには日本人観光客（だいたいカップル）が、居た。

するときょとん、と三郎氏が可愛《かわい》らしく首をかしげる。

「へ？　だから、お嬢《じょう》の別荘でしょ、ここ全部？」

「「ええ――――――――――⁉」」

二人が驚愕《きょうがく》している。俺は……まあそうかって感じだった。

るしあの祖父は、プライベートジェット持ってるレベルの金持ちだからな。

……ホテルも、その祖父のものと考える方が自然だろう。

「るしあん……」

あかりがるしあを見やる。るしあはちょっと暗い表情をしていた。

多分これで、態度を変えられてしまう、って思ったんだろう。俺は無言で、るしあの肩を叩《たた》く。

大丈夫、この双子は……良いやつらだから。そういうニュアンスで。

「すげーじゃん！　ね、お姉！」

「はいっ、すごいです、るーちゃんっ。こんなすごいホテル用意してくれて、ありがとうです！」

るしあが俺を見やる。ほらな、という意味合いで笑いかける。

彼女は安堵《あんど》の息をついていたのだった。

★

ホノルルにある、広大なホテル、ＫＩＤホテルに到着した。

仰ぎ見るほどの、巨大なホテルを前に、圧倒されてしまう。

これまるごと、るしあの別荘なのか……。本物の金持ちなんだな、この子。

でもこの子はまったく金持ってるアピールをしない。育ちがいいのだろうな。

「さ、行こう。るしあ、荷物持つぞ。重いだろう？」

「あ、ありがとう！　えへへ♡　おかやは……優しいなぁ♡」

ぴったり、とるしあが俺に寄り添う。

そんなるしあを……。

「ステイ、るしあんステイ」

「ま、まだよーいどん、してないよ！」

あかりと菜々子が、るしあの両腕をそれぞれとって、引き剝《は》がす。

ふふふ、仲いいな三人とも。

さて。三郎がホテルへと案内してくれる。

凄《すさ》まじく巨大な入り口ホールの奥に受付カウンターがあった。

そこで俺はチェックインの手続きをする。

「やっぱりここすっごい高いよ、一泊のお値段」

「……わわっ、ぜ、ぜろがいっぱいです……！」

あかりのスマホを、菜々子がのぞき込んで驚いている。

るしあは苦笑して、スマホの画面を手で覆った。

「金はあまり気にしなくて良い。今日は皆でちょっと遅い夏休みを楽しみに来たのだからな」

二人は顔を見合わせて、それもそうだ、とうなずく。

「ほんとに、ありがとな、るしあ」

「もう、何度目だ。礼は不要だと言っただろう？　ただ……どうしてもというのなら、ん……♡」

るしあが目を閉じて、背伸びして、俺を見上げてくる。

ああ、なるほど……。

俺はるしあの頭に触《ふ》れて、よしよしとなでる。

「「「ちがう、そうじゃない」」」

あかりたち女子四人が、呆《あき》れたように首を振る。

「違うのか？」

「違うっ！」

るしあが拗《す》ねたように唇《くちびる》を尖《とが》らせる。

「すまないな」

すっ……と俺が手を離そうとする。

「や、やめろとは、言ってないぞっ！　もっと……なでてくれ」

こうして甘えてくるあたり、るしあもまだまだ子供なんだな。

保護者が祖父だというから、両親に何かあって、甘えられなかったのかもしれない。

できる限り、るしあをフォローしてあげたいなと思った。

「くっ……！　どう見てもおかやが保護者目線で接してきているのに、拒《こば》むことができない……！」

「それなー。でもそこで落ち着いちゃうと、あちらのルートに突入しちゃうよ」

あかりはそう言って、贄川を指さす。

「あ、あたし……？」

「そ。友情ルート。結ばれるエンドのない可哀想《かわいそう》なやつ」

「そ、そんな……！」

がくり……と贄川がその場にへたり込む。

「い、一花っ。元気を出すんだっ！　まだ挽回《ばんかい》はきく！」

「お嬢様…………アラサーでも、ききますか？　挽回」

「む、無論だ！」

一瞬どもった姿を見て、贄川がずーんと落ち込む。

「まあまあ、こんなとこでウダウダしてないで、さっさとお部屋に行こうよ。受付のお姉さんが困ってるよー」

俺たちの相手をしてくれた受付嬢が、微苦笑を浮かべていた。

「それでは、ご案内しますね」

受付嬢は俺たちを連れて、ロビーを離れる。三郎とはここで別れた。

ホテルは縦にも横にも広い。

ただただ広い廊下が、どこまでも広がっているのだが……。

ややあって、一番奥の部屋へとやってきた。

「お部屋は三部屋とってありますー」

「ありがとうございます」


「それじゃ、二―二―一で分かれるか」

「「「よっしゃー！」」」

あかりたちが顔を突き合せる。

「悪いが三人とも、勝っておかやを手に入れるのは……このワタシだ！」

「るしあんには悪いけど負けないから、アタシ」

「……わ、わたしも……せんせえと一緒がいいです！」

「あたしだって、せっかくのチャンス、逃がす手はないわ！」

ごご……と彼女たちの体から、黒い気迫のオーラを感じる。

「「「最初は……ぐー！」」」

「じゃあ俺は先部屋に入ってるぞ」

「「「じゃーんけーん！」」」

「あと二─二で適当に部屋割り振っててくれ」

「「「ちょっと待て」」」

俺が受付嬢からカードキーを受け取ると、彼女たちが勝負を止《や》めた。

「え、おかりん……マジなの？」

「なにがだ？」

「お、おかや……まさか、一人で一部屋使うのか？」

あかりとるしあが目を丸くして言う。

「？　だって男一に女四なんだから、女が二─二で分かれるのが妥当《だとう》だろう？」

「「「ダメ」」」

四人供が、真剣な表情で首を振る。

「……せんせえ、これは、聖戦なんです！　せんせえを……誰が射止めるのか！」

「岡谷くん。待ってて、今この三人を蹴散《けち》らして、同じ部屋に行くから」

「正妻あかりんが、おかりんと同室になる権利ゲットするからね！　待っててねー」

「おかや、お前は渡さない。絶対に……だ！」

全員が俺に妙な視線を向ける。

だが……いや、おかしいだろう。

「るしあの祖父は三部屋用意してくれた。それはさっき言った、部屋割りを想定してのことだろ？　そうですよね？」

俺は受付嬢を見て言う。

彼女は「えー……」と言葉に詰まる。

「あ、あー！　用事思い出しました！　失礼！」

だー！　と受付嬢が残りのカードキー二枚を俺に押しつけて去っていく。

……逃げられた？

「おかやっ！　どこを見てるのだっ！　今から大事な勝負が行われようとしてるのだぞっ！」

「そーだよおかりん！　この結果によって、アタシたちの失う順番が決まるんだからね！」

失う順番……？

なにを失うんだ。それに順番？

若者言葉か……？

「悪いけど、あなたたちには一番を譲《ゆず》らないわ。こっちは約十年以上、待ち続けてきたんだからね」

「「それはそれで不憫《ふびん》」」

「クッ……！　若者にいじめられたっ！」

四人がジャンケンを繰り広げる。

その様子を、俺はぼんやり見ていた。

女子ってこんなに部屋決めにこだわるものだったろうか。

ミサエのときは……ああ、あいつは俺《おれ》とホテルに泊まるとき、必ず別の部屋にしてくれって言ってたっけな。

ややあって……。

「やった！　やったわ！　岡谷くんッ！」

ジャンケンに勝利したのは、どうやら贄川だったらしい。

「愛の勝利……！」

「一花ちゃんつよすぎー……」

「……わたし、あの人が、途中で出す手を、変えてたように見えました」

「まさか、我々の出す手を瞬時に見抜き、超高速で出す手を変えたというのか！」

三人がなぜか戦慄《せんりつ》していた。

「さ、さぁ……岡谷くん、入りましょう」

一花が俺の腕をとって、一緒に部屋に入る。

「一花、おめでとう」

るしあは微笑《ほほえ》んで、一花に拍手する。

「執念《しゅうねん》の勝利だ。気にせず一緒に寝るといい」

「ええ、もちろん。遠慮なく」

★

俺たち五人の部屋割りは、一花と俺、菜々子とあかり、そしてるしあが同室という組み分けになった。

三部屋にしてもらったが、るしあが一人は嫌だと主張したのである。

「じゃ、入るか」

「そ、そうね……岡谷くん……」

一花が緊張の面持《おもも》ちで立っている。

ふー、ふー、と深く呼吸し気を静めているようだ。

「……大丈夫、今日は勝負下着。ベージュじゃないから大丈夫」

なにを興奮《こうふん》しているのだろうか。

俺たちは部屋の中に入る。そこに広がっていたのは……。

「な、なにここ……本当に、ホテルの中なの……？」

高級マンションもかくや、というほど、恐ろしく豪華で、広い部屋が広がっていた。

都内のホテルとは違って、ここのホテルは広大な敷地《しきち》を持つ。

部屋の面積もそれにともなって広いのだろう。

正面の壁は、全面ガラス張りになっていた。

「すごいわ……雄大な景色ね」

そこには……絶景が広がっている。

どこまでも続く青い空に海。奥には山。

夜になると夜景が素晴らしいとパンフレットに書いてあった。

「二人で使うには、広すぎるわね、この部屋」

「部屋の一部が吹き抜けになってる」

リビングの奥には、下のスペースに降りる階段が部屋の中にある。

降りるとキングサイズのベッドが置いてあった。

「夜景を見ながらもありね……ああ、でも、そうなると外から見えちゃう……どうしよう……」

一花は顔を赤くして、頬《ほお》を押さえて、体をよじる。

「とりあえず、部屋割りはどうする？」

シャワールームだけでなく、寝室が三つもあるのだ。

「おまえがこのベッド使いたいなら、俺はほかのとこ行くけど」

「べ、別に……部屋は分けなくていいんじゃないかしら……？」

一花がベッドに座って、足を組む。

「ほら……せっかく夜景の綺麗《きれい》なベッドルームがあるんだもの。二人で楽しみましょ……ね？」

暑いのか、シャツのボタンを一つ外して、ぱたぱた……とシャツの裾《すそ》をつまんであおぐ。

ベッドに座る彼女に、俺は近づく。

彼女は目を閉じて、両手を前に出す。

「……来て」

俺はベッドにのり、サイドテーブルに付けてある、エアコンのリモコンをいじる。

「エアコンの温度さげといたぞ」

「…………ソウデスカ」

「ベッドのこの頭の部分で、エアコンの操作と、電気もここで付けたり消したりできるみたいだな」

「…………SOUDESUKA」

一花がなぜか、死んだような表情で言う。

「荷物をまとめ、食事をとりに行こうか。ホテルのレストランで昼飯食えるらしいし」

「そ、そうね……すぐ支度《したく》するわ」

一花は、階段を上がり、一度入り口まで戻る。

置いてあったキャリーケースを持って、ベッドスペースへと戻ってきた……そのときだ。

ガッ……！

「きゃあ……！」

「！」

階段に躓《つまず》いて、一花がキャリーごと落ちてくる。

俺は彼女が激突《げきとつ》しないよう、両手を広げて彼女を迎え入れようとする。

「チャンス……！」

空中で一花はくるんと宙返りすると、俺の腕の中に、ドンピシャで収まった。

「わ、わー……岡谷くん、力持ち～」

俺は一花を、お姫様抱《ひめさまだ》っこするような感じで持っている。

「おまえ、空中で受け身とろうとしてなかったか？」

「え、ええー……なんのことかしら？」

それにこんな綺麗にお姫様抱っこするような体勢に、普通、なるか？

「……やったっ。念願の、お姫様抱っこっ。パルクールで鍛《きた》えた技がここで役立つなんてっ！」

「どうした？」

「んーん！　なぁんでもないわ！」

俺が一花を下ろすと、「あ……」となぜか残念そうな顔でつぶやく。

「おまえが無事で良かったよ」

「ありがとう、岡谷くん。さすが、男の人はたくましくて、頼りになるわ」

一花が微笑む。

「俺なんかよりおまえの方が、よっぽど頼りになるだろ。腕《うで》っ節《ぷし》強いんだし」

「そんなことないわ。あたしだって……女なんですもの。男の人に無理矢理組み敷《くし》かれたら、抵抗できないわ」

ちらちら、と一花が顔を赤くして、俺を見上げてくる。

……なるほど。彼女も、そういう、男に無理矢理襲われるようなことが過去にあったのだろう。

「で、でもね……岡谷くんにならい、いいよ……無理矢理……って、岡谷くん？」

心に深い傷を負っているかもしれない。

彼女と接するときは、あまり怖がらせないように、節度を持って接しないとな。

「岡谷くん？　あれ、気づいてない……？　あたしのアピールに……？」

「大丈夫だ。何かあったら、俺が守るよ」

「う、うん……あれ？　なんか……期待してたリアクションと違う……」

俺は周囲を見渡す。

「とりあえず、散らばってる荷物片付けるか」

一花のキャリーは、階段から落ちたことで、中身が外に出ていた。

衣服やら下着やらが、そこらに散らばっている。

「ん、これは……」

「え……？　～～～～～～～～～～!?!?」

一花が俺の持っていた箱を奪うと、ぐしゃり！　と握《にぎ》りつぶす。

【めちゃうすい】……と書いてあった、避妊具《ひにんぐ》だ。

「あ、あはは！　なーんでこんなもの入ってるんだろー！　前の人が置き忘れちゃったのかしら！」

大汗をかいて一花が動揺《どうよう》する。

「ああ、忘れ物か。なるほど」

「もう、困ったものね！　まったく！」

いそいそ、と一花が衣類を回収していく。

俺も手伝う。

「ん？　これは……」

「ぎゃぁーーーーーーーーーー！」

一花がまた叫《さけ》ぶと、俺から【赤い布】を奪《うば》って、握りしめる。

「これも忘れ物！」

「いやでも、女物の下着だろ、それ。随分《ずいぶん》と派手だな、真《ま》っ赤《か》でさ」

どう考えても、男を誘《さそ》う用の下着にしか見えない下着だった。

「ままま、前の人が！　前の人が忘れたのよきっとぉ！」

「そうか。そういうこともあるんだな」

贄川は半泣きになりながら、そのほかを回収し、キャリーにつっこむ。

「それ、前の人のやつじゃなかったのか？」

「あとでフロントに返しておきます！」

「返すなら、俺が返しとくが？」

「結構です……！　もうっ！」

贄川がしゃがみ込んで、はぁ～……とため息をつく。


と、そのときだった。

ぴんぽーん……♪

「あかりたちかな。飯行《めし》くぞ、贄川」

「ひゃい……」

ぐったりする彼女を連れて、俺は部屋を出る。

あかりと菜々子、そしてるしあが、怖い顔をして、仁王立ちしていた。

「したの？」

「？　ああ、荷ほどきは終わったぞ」

「……そ、そうじゃなくって！」

「なんのことだ？」

一方でるしあが、同情のまなざしを贄川に向けて言う。

「前途多難《ぜんとたなん》だな、一花」

子供《るしあ》に抱《だ》きついて、涙を流す大人《いちか》であった。

★

部屋に荷物を置いた俺たちは、ホテルでランチを取ったあと、買い物へと向かった。

「……わぁ！　ひろい、です！　おっきー！」

ホノルル市内のショッピングモールに来ていた。

移動は、トロリーバスという、二階建てバスみたいなものでした。

観光客はタクシーかこのトロリーバスを使う。だが、タクシーは結構ボられることも多いため、あんまり使わない方が良いのだ。

「洋服だけじゃなくて、靴とか、アクセサリーとか、色々売ってるみたいだね」

あかりは、パンフレットを広げて、感心したように眺めている。

「お嬢様、大丈夫ですか？　人混みは苦手のはず」

一花が、気遣《きづか》わしげに、隣に居る、るしあに問いかける。

「ありがとう、一花。だが気遣いは無用だ。今この場のおまえは、ぼでぃがーどではなく、みんなで遊びに来た仲間の一人なのだからな」

この人混みに、加えて暑さだ。

るしあはあまり体力のある方ではないし、その辺は気を遣っていかないとな。

「ねえねえ！　おかりん！　どこから見て回るー？」

あかりが俺の腕を摑《つか》んで、笑顔で言う。

ふにっ、と俺の腕に、あかりの胸が当たる。

彼女はボタンを二つも外し、完全に上乳が見えていた。

汗でしっとりと濡《ぬ》れている乳房《ちぶさ》が俺の腕にぴったりと吸い付いて、心地良い感触がする。

「あかり」

「おっと～♡　おかりん、あかりちゃんのおっきな生乳の感触にメロメロですかにゃー？」

「人目があるんだ、ボタンはしっかり閉めなさい。おまえも淑女《しゅくじょ》なんだからな」

「あ、はい」

いそいそ、とあかりがボタンを閉める。

「……そ、そーですねっ。しめなきゃですね」

いそいそ、と菜々子もボタンを。

「だ、ダメじゃない二人とも。若いうちから、肌を露出《ろしゅつ》しすぎちゃ」

「一花。お前もか」

ボタンを閉める一花に、るしあが呆れたように言う。

「みんなるしあを見習うように」

彼女は帽子を着用し、薄手のカーディガンで日焼け対策をし、さらにボタンはしっかり閉めている。

「「「はーい……」」」

「やはりおかやは大人だな。さすがだ」

「そうか？　じゃあ、行こうか」

「「「おー！」」」


「なんというか、日本人やば多いね」

あかりが周囲を見渡しながら言う。

現地人と思わしき人たちと、同じくらいの割合で、日本人が歩いていた。

「そりゃハワイは人気の観光スポットだからな」

「ほうほう、なるほど……しかもカップル多し」

「まあ……そりゃ、な」

新婚《しんこん》旅行でハワイに行くやつも多いと聞く。

手をつないで歩く男女に、思わず目が行ってしまう。

「うらやま？　うらやま？」

「何言ってんだ？」

「あんなふうに、女を連れて歩きたいって思わない？」

……まあ、そういうことしたいやつの気持ちも理解はできる。が……。

「女はアクセサリーじゃない」

「んふぅう～♡　そっか、そうだよねー！　おかりんかっけー！　すてきー！」

うんうん、と菜々子たちがうなずいてる。

「ということで、君たち。女はアクセじゃないので、おかりんから離れてください」

ぴったり、とあかりがくっついて言う。

「な、あかり貴様⁉　抜《ぬ》け駆《が》けずるいぞ！」

るしあがプリプリと頬を膨《ふく》らませ怒《おこ》る。

「あかりちゃんは～。迷子にならないように、おかりんに手ぇつないでもらってんですぅ～」

「嘘《うそ》つき！」

「嘘だよ♡」

「きー！」

……ほんと、仲いいなこの子ら。

まあいいことだ。るしあ、そしてＪＫたちにも、楽しい思いをしてもらいたいからな。

「……わぁ！　可愛いお洋服ですっ！」

「おっ、結構よさげなサンダルそろってんじゃーん！」

双子がそれぞれ、目を輝かせる。

若い子はファッションに興味がある。

だがあかりはバイトで、菜々子は家に引きこもってて、普段あまり買い物をしない。

……いや、遠慮してるんだろう。

いくら俺と彼女たちとが、気安い関係だとしても、赤の他人なのだ。どうしても遠慮してしまう。

特にあかりは気を遣いすぎて、自分の欲求を発散できないでいるような気がする。

それは、良くないと俺は思う。

子供はもっとワガママで良いんだ。

「あかり、菜々子も。欲しいものがあるなら、買うから言ってくれ」

「「え……？」」

二人が目を丸くする。

「お、おかりん……いいよ、欲しいものは自分で買うし」

「……そ、そうですっ。住まわせてもらってるだけで十分なのに……」

ああ、やはり気にしていたのだ。

俺は首を振る。

「いいから。せっかく旅行に来てるんだ。記念に、買っておくのもいいだろ」

「『でも……』」

「金は気にするな。おまえらが欲しいものを買ってやる。遠慮なく言ってくれ……というか、遠慮されると、逆に俺が気にする」

こういう言い方はずるいだろうか。

だが……。

「そっか。うん……ごめんね、おかりん」

あかりはすぐさま察《さっ》しがついたらしく、苦笑しながら軽く頭を下げる。

「お姉！　厚意に甘えちゃおう！」

「……ええ、でもぉ」

「いいからいいから！　絶好の甘えどきだよ〜。そ・れ・に〜？　彼氏からのプレゼントだよ」

「……！　そ、それは……欲しい！」

「でしょ〜！」

あかりは俺を見て、ニコッと笑う。

そして、頭を下げる。

「ありがとおかりん！　じゃ、えんりょなく！」

「……ありがとう、せんせえ！」

二人が無邪気《むじゃき》に笑う。

そうだ、これでいいんだよ。子供は、大人のことなんて気にせず、ワガママ言っていれば良い。

「るしあも贄川も、欲しいものあったら言ってくれ」

「「ええっ⁉」」

二人が目を丸くする。

「お、おかや……さすがにそれはちょっと……」

「そ、そうよ岡谷くん。それにお金とか……大丈夫なの？」

「ああ、六月のボーナス丸々残ってるからな」

この子らだけに買ってあげるのも、悪いし。

「るしあには、別荘を提供してもらったお礼もしたいしな。それに贄川にも、何も贈《おく》ってやれてなかったじゃないか。大学のときから、世話になってたのに」

「おかや……」「岡谷くん……」

二人が目を潤《うる》ませる。

「むぅ～……」

「？　どうしたの、あかり？」

俺たちの後ろで、あかりが何かを考えている。

「なーんか、ずるいなぁ～」

「……ずる？」

はて、と姉の菜々子が首をかしげる。

「おかりんばっかり、ずるいなぁって……ほら、いつもおかりんだけ、アタシらの心を、こんなに喜ばせて、弄《もてあそ》んでばっかりでさー」

「……それの、どこがずる？」

「ふこーへーじゃん。たまにはアタシたちも、おかりんを喜ばせたり、びっくりさせたい……あ！にししっ、お姉お姉」

「？」

振り返ると、あかりが菜々子に、何かを耳打ちしている。

「……しょでね、……を、おかりんに……するの」

「！　それ……最高!!」

「でっしょー！　んふ～♡　あかりちゃんは天才かもしれない」

「……よっ。あかりちゃん、じーにあす！」

「やぁ、そーでしょー？　お姉わかってるぅ！」

菜々子があかりの頭をなでる。

妹は嬉《うれ》しそうに、姉の体に抱きついて笑う。

「どうしたんだ、二人とも？」

「んーん、なぁんでもない！　ふふっ♡」

どこかいたずらっ子のように、二人が笑う。

あかりはいつもどおりだが、菜々子は珍《めずら》しいなと思った。

★

俺たちはショッピングモールへとやってきている。

日中だからか、みんな普通にサングラスをかけていた。現地の人も、観光客もだ。

俺たちも彼らに倣《なら》って、外に居るときはサングラス、店の中に入ったら外す。

「洋服見たーい！　おかりんお洋服～！」

双子妹のあかりが、俺の腕を引っ張りながら、女性ものの洋服屋へと入る。

「……涼《すず》しい、ですぅ～」

「うむ……外はカンカン照りだからな」

菜々子とるしあが、ぱたぱた、と手で団扇《うちわ》を作ってあおぐ。

「？　贄川。どこだ？」

「あ、一花ちゃん、外にいるー」

あかりの言うとおり、一花は外に立っていた。

俺は三人を残して、店の外へと出る。

「どうした？」

黒髪をポニーテールにまとめた美女が、困り顔で言う。

「いや……岡谷くん。ここ、若い子のお店だもの」

ディスプレイの服を見ると、なるほど、布面積がかなり少ない服が並んでいた。

「私じゃ似合わないわ」

一花は結構かっちりした服を好む。

だが手足が長いし、スタイルも良い。

「そうか？　結構似合うと思うけど」

「そ、そう……？」

ちらちら、とディスプレイの服を見て、一花が言う。

「お、岡谷くんは……ああいう、お、おへそ出すようなのが、いいのかしら？」

「いや、別に。ただおまえも若いんだから、ああいうの着ても良いんじゃないか、プライベートなら」

「あ……え……う……うん。わ、わかった……お、岡谷くんが、着てほしいなら……わ、私頑張る！」

ずんずん、と一花が店の中に入っていく。

俺はそのあとに続く。

中では菜々子たちが、集まって何かを議論していた。

「……このスカート、素敵です！　るーちゃんに似合います！」

「菜々子、こういうずぼんはどうだ？」

「……にあうかもー！　せんせえ褒《ほ》めてくれるかなぁ」

「お、おかやは……喜んでくれるだろうか」

俺は買い物してる姿を、ぼんやりと遠くから見ている。

楽しそうにしてるのは邪魔《じゃま》しちゃいけないからな。

「あ、あのっ！　すみません！　外のディスプレイの、あの服！　試着したいんですけどぉ！」

一花が顔を真っ赤にしながら、店員に尋ねていた。

そうか、試着もできるのか、ここ。

部屋の隅に大きな試着室があった。

「おかりーん」

そのとき、あかりが俺を呼ぶ。

「なんだ？」

「ちょっと来て～。困っててさぁ～」

困ったこと？

なんだろうか……。

俺は試着室の前までやってきた。

「どうした？」

「えいっ♡」

にゅっ、と中から手が伸びて、俺の腕を摑む。

ぐいっと俺は中に引き寄せられる。

つんのめりそうになりながら、中に入ると、そこには……。

「じゃーん♡　おかりん、どうどう？　あかりちゃんの下着♡」

ブラとショーツ姿だけのあかりが、そこには居た。

黒い布地に、白い肌はよく映えている。

ともすれば透けてしまうのではないか、というきわどいデザイン。

にぃ、と笑うと、前屈《まえかが》みになって、あかりが俺に尋ねてくる。

「どうかな？」

目をほそめて、ささやくようにあかりが言う。

一瞬大人の色気を感じてドキリとなりかけるが、いかん、と思い直す。

なるほど、下着が似合ってるかどうか聞いてきたのか。

「おまえ……そういうのは菜々子たちに聞きなさい」

「ぶー。見せる用の下着なんだから、見せる相手に選んでもらうほーがいいじゃーん」

ぷくっ、と頰を膨らませるあかり。

先ほどの大人の下着を身につけて、妖艶《ようえん》に微笑んでいたときは、別人に見えたのだが、今は、年相応の、俺の知ってるあかりだ。

「じゃあ彼氏とかに選んでもらうんだな」

「居ないよ！　彼氏なんて！」

あかりが、大きな声を出す。

目には怒《いか》りの炎が、ありありと浮かんでいた。

「おかりん以外の人と付き合う気ないから！」

……その言葉は、冗談には聞こえなかった。

いつも明るい、そして元気なあかりからは想像できない……怒りの波動を感じる。

……なぜ怒るのか。本気だからだ。……それは嬉しい。けど……俺の理性が、本能に従いそうになる自分をいさめる。

「わかった、わかったから大声出すな……こんなとこ、誰かに見られたらどうするんだ？」

試着室に、男女が二人きり。

しかも片方は下着姿だ。

誤解を生む可能性がある。

「俺はさっさと出るから、おまえもちゃんと着替えて……」

どんっ、とあかりが、俺を壁に押しつける。

両手で、俺を挟むようにして、壁ドンしてきた。

「アタシは、見られても……いいよ？　むしろ、見てほしい……かな」

あかりが顔を近づけてくる。

長いまつげだ。

彼女はハーフなので、まつげまで金髪なんだな。

「ねえ……おかりん。アタシって……子供?」

艶《つや》のある唇からは、熱っぽい吐息《といき》が漏《も》れる。

ブラ一枚で包まれた乳房を密着させ、俺に迫《せま》る。

「子供だよ。教え子であり、今は保護対象」

「もう……子供じゃないよ? 十七歳だもん。赤ちゃんだって……作れる体なんだよ?」

あかりが、俺の足の間に、長い足を挟んでくる。

「ん……♡」

唇をすぼめて、そのまま……。

「やめなさい」

つん、と俺はあかりの額《ひたい》をつつく。

「公共の場で、そういうことするな。店に迷惑がかかるだろ」

「うん……ごめんね」

肩を落とすあかり。

「そうだよね、こんなとこ……店員さんに見られたら、おかりんにも迷惑かかるし」

うつむくあかり。

俺が怒ったのだと思っているのだろう。

怒るのと注意するのは、区別が難しい。

特に今の若い子には、どう注意すれば良いのかいつも迷う。

あかりの場合は、大人になった自分に、この下着が似合うか、聞いていたのだ。

俺はあかりの頭をなでる。

「似合ってるぞ、その下着」

「ほんとっ」

「ああ。すごいセクシーだ……って言うのは、おっさんくさいかな」

ぱぁ……！　とあかりが明るい笑顔を浮かべると、俺の体に抱きつく。

「ううん、おかりん素敵だよっ♡　えへへっじゃーあー、おかりんには、この下着かってもらっちゃおっかなー？」

「ああ、いいぞ」

俺はあかりたちに、何でも好きなものをプレゼントすると約束していたのだ。

「やったー！　初夜はこれ着けてくね♡」

「そう言う冗談は、相手が本気にしかねないからやめなさい」

「えー？　おかりんはー？　本気にしてくれないの？」

不満げなあかりの額を、俺がつつく。

「しないよ、今は」

「ふーん……そっか。今はか……ふふっ♡」

と、そのときだった。

「あかりちゃん、随分長くここに入ってるけど、どうしたの？」

しゃっ……！

「「あ……」」

カーテンが開くと、そこには、一花が居た。

「え……？　え……え？」

一花の手には、袋が握られている。

たぶんさっきの服を買ったのだろう。

ぱさ……とその袋が床に落ちる。

「え、うそ……岡谷くんと……あかりちゃんが……」

しまった。どう見ても、試着室に女を無理矢理連れ込んで、裸《はだか》にひん剝《む》いた悪い男の図に見えるだろう。

一花は、そう誤解したんだ。

「贄川、誤解だ」

「あ……え……あぁ！　誤解！　誤解ね、うん！　なるほど……！　だよねっ。二人ができてるわけないよねっ！」

すると……。あかりが俺の腕を、両の胸で挟み込んで……。

ちゅっ……♡

「ひぎゅ……⁉」

一花が目を大きくひん剝《む》いて、あんぐり……と口を開く。

俺の頰にキスをしたあかりは、小悪魔のような笑《え》みを浮かべる。

「そーゆーかんけーです♡」

「あわわっ……はわわわわわわっ……」

一花は顔を真っ赤にすると、目をぐるぐると回す。

「いや、だからな贄川。違うんだって」

「う、ううぅうううおおおぉおおお幸《しあ》わしぇにいぃいいいいいいいいい！　うわぁああああああん！」

一花が子供のように涙を流しながら、俺たちの前から走り去っていく。

「んふふ～♡　どうやら一花ちゃんは、おかりんとアタシが、ねんごろであると誤解したよーですね～」

実に楽しそうに、あかりが言う。

俺はため息をついて、あかりの額をつつく。

「あまり大人をからかうものじゃありません」

「はーい、ごめんなさーい、先生……ふふっ♡」

俺は試着室の外に出る。

あかりが着替え終わるのを待つ。

まったく、こいつは昔から、人をからかって楽しむのが好きなんだから。

「でもね……おかりん。アタシもね……いつまでも子供じゃないいんだよ」

布のこすれる音。

漏れる吐息は、どこか大人びている。

「アタシは本気だよ。本気で、おかりんのお嫁《よめ》さんになるんだから」

しゃっ、とカーテンが開くと、あかりが出てくる。

その手には、試着していた黒い下着が握られていた。

「だから……これ買って、いつかおかりんに初めてをあげるときに、着るんだ」

屈託《くったく》のない笑みを浮かべて、あかりが言う。

その笑みに……俺は、どう応えて良いのかわからなくて……。

「大人をからかうな」

結局、いつもどおりのリアクションしかできなかった。

正直、わからないんだよな。

俺は、この子の好意の受け止め方を。

「うん、今はそれでいいや」

あかりは少し寂しそうに笑って言う。

そこへ……。

「お、おおおお、おかやぁああああああ！」

顔を真っ赤にしたるしあが、菜々子と一花とともに、俺の元へやってくる。

「一花からきいたぞ！　あ、あかりとや、野外ぷ、ぷぷ、ぷれいをしたと！」

はぁ……と俺はため息をついて、言う。

「してない」

★

その後、各自自由行動となった。

「おかりん、アタシお姉と二人で、ちょーっと買い物してくるねー」

「大丈夫か？　ここ外国だし、迷子になったら？　電話通じないし」

「だいじょーぶだよぅ。ちゃーんとスマホアンドポケットＷｉ-Ｆｉもってるし～」

日本と違って、海外で電話を使うと、高い通話料金を取られてしまう。

だから最近は、みんな海外旅行向けのポケットＷｉ-Ｆｉをレンタル（空港でできる）し、ラインなどで連絡を取るのだ。

俺もここへ来る前に、人数分のポケットＷｉ-Ｆｉを借りてきてる。

だからまあ、迷子になっても連絡はつく……が。それでも心配だ。

「ほんとについてかなくて平気か？　お金が足りないなら出すぞ」

「んーん。平気～。ちょーっとおかりんには、内緒《ないしょ》のお買い物ですからにゃー」

「……秘密です、にゃー」

あかり達はクスクスと笑うと、俺の元を去っていく。

気にはなったが、まあ大人には知られたくない、子供の世界があるからな。

あの子たちの邪魔はしないでおこう。

「岡谷くん、あたしもちょっと一人で買い物してきていいかしら？　その間、お嬢様をお願いね」

「い、一花っ！」

るしあが顔を赤くして、一花に詰め寄る。

「お嬢様、あたしは用事があるので、岡谷くんにエスコートしてもらってください」

「し、しかし……ふ、二人きりなんてそんな……」

「たまには、仕事抜きで交流を深めるのも、良いと思うのだけど。ね、岡谷くん？」

一花が俺に同意を求めてくる。

「そうだな。るしあは俺が見ておくから、行ってこいよ」

「ええ、そうするわ。じゃあねお嬢様。がんばって」

ぱちんっ、とウインクすると一花が歩いて去っていく。

何か自分で買いたいものでもあったんだろうか。

俺とるしあだけが残される。

「るしあ」

「あ、な、なんだ……？」

るしあは顔を真っ赤にして、目線を泳がせる。

「行くか。どこか行きたい場所でもあるか」

るしあは微笑むと、首を振る。

「特にないので、適当にそこら辺を歩こう」

「それでいいのか？」

「ああ。おかやの側に居られるだけで、ワタシは幸せだからな」

そういえば作家と編集としてなら、一緒に飯行ったり、喫茶店《きっさてん》に入ったりしたことがある。

だがこうして、プライベートで会うことはほとんどなかったな。

「行くか」

「うむ」

俺の隣に、るしあがついてくる。

背筋を真っ直ぐにして、すっすっ、と足音をほとんどたてずに歩いていた。

「ん？　どうした、おかや？」

「いや……綺麗な歩き方だなと思ってさ」

「昔から色々稽古事《けいこごと》をさせられていてな。自然と身についたのだ」

「稽古か。たとえば」

んー、とるしあが指を折りながら言う。

「生け花、日舞《にちぶ》、琴《こと》に……色々だ」

「それはまた、古風な習い事だな」

るしあは照れくさそうにはにかんでいると……。

「お、おかやっ！　見てくれあれをっ！」

ショッピングモールの一角に、ガチャガチャの筐体《きょうたい》が置いてあった。

どうやら子供の玩具《おもちゃ》を売っている店らしい。

「これがうわさの、がちゃがちゃましーん、というやつだなっ！」

筐体を前に、るしあが興奮気味に言う。

「やったことないのか？」

「ああ。知識としては知っていたが、そうかこれが……」

日本にもこれはあるだろう……。が、それでもやったことがない、か。

やりたくても、できなかったのかもしれないな。習い事が忙しくて。自由が……なかったのかもしれない。そう考えると不憫に思えた。

「やってみたらどうだ？」

「ああ！」

肩からかけてるポシェットから、財布を取り出す。

金色のクレジットカードを取り出すと。

「あれ？　この……ううん？　どこにカードを入れれば良いのだ……？」

るしあは挿入口を真剣に探していた。

俺はポケットから財布を取り出し、硬貨《こうか》を入れる。

「これで回せるぞ」

ぽかん……とるしあが目を丸くする。

かぁ……とるしあが、その瞳《ひとみ》のように、顔を真っ赤にする。

「な、なるほど……か、カードは使えないのか……」

「ああ、硬貨専用なんだ」

「そ、そうか……べ、勉強になった。小説に生かそうと思う」

るしあがペタペタ、と筐体に触れる。

「おかや、回す、とはどうするんだ？　この機械ごとぐるんと回すのか？」

「いや、そこのハンドルをこう、回すんだ」

「？　よくわからない……」

るしあがハンドルに手をかけるが、どうすればいいのか迷ってる様子だ。

「ちょっと後ろ失礼」

「え……？　ひゃっ♡」

俺はるしあの後ろから、ハンドルを持つ彼女の右手に触れる。

「お、おお、お、おかやっ？」

「大丈夫。力を抜いてくれ」

「……はい」

慌《あわ》ててたるしあが、急にしおらしくなる。

肌が腕の先まで真っ赤になっていた。

俺が彼女の手の上から、ハンドルを握る。

「ぁ……♡」

そのままがちゃり、と右に二度回す。

「ぁ……♡　ぁ……♡　んぅ……♡」

ごとん……。

「出てきたぞ」

「はぁ……はぁ……も、もう……終わりなのか……？」

物欲しげな目を、俺に向けてくる。

「もう一回やりたいのか？」

「ち、ちが…………いや、そ、そうだっ。も、もう一回……」

ちゃりんっ♪

「あっ」

がちゃり。

「あっ、あっ、あっ」

ごとん……。

「ほら、出たぞ」

「はぁ……はぁ……ああ、すごく……いっぱい……」

るしあが艶っぽくつぶやく。

汗で髪の毛がしっとり濡れて、ふわり……と甘い花の匂いが鼻腔《びくう》をついた。

「そら、これがカプセルだ」

「おおっ！　中に『デジマス』のリョウとレイのすとらっぷが！」

『デジマス』……神作家カミマツ先生の、超人気タイトルだ。

先生のグッズは、今やどこへ行っても売られている。でもまさか、海外でも売られてるとはな……。

まあ日本の超ビッグコンテンツだし、海外ファンも多いもんな。

「カプセルはこうひねれば開くぞ」

俺は一個彼女からカプセルをもらって、ぱこっと開ける。

ふむふむ、とるしあがうなずき、カプセルを開けようとする。

「くぬ……！　くぬぬっ！　くぬー！」

だが一向にカプセルが開く気配がない。

俺は彼女からカプセルを受け取って、ぱこっと開ける。

「ぜえ……！　ぜぇ……！　ぜぇ……！　か、かたじけない……」

るしあはこんな小さなカプセルを開けるだけでも、結構重労働らしい。

次からは気をつけよう。

「ふむ……おかや。片方どうぞ」

るしあがリョウのストラップを、俺に渡してくる。

「いや、おまえのもんだぞそれは」

「いいや、おかや、一緒に付けよう。おそろいがいい」

屈託なく笑う彼女。

おそろいのストラップを付けたがるのか。

子供っぽいところがあるんだな。

「じゃあ、遠慮なく」

俺はスマホケースにリョウのストラップを付ける。

「るしあはどうする？　確かスマホをもってなかったんだよな？」

「うむ。だが……がらけーはもってるぞ！」

ポシェットから取り出したのは、クラシックな、ガラケーだった。

というかこれ……。

「確かシニアタイプの楽々フォンじゃ……」

プッシュするボタンがなく、三つしか宛先が登録できない、という機械音痴《おんち》でも使えるタイプの携帯だ。

俺が中学生とか高校生のときに売ってたやつだが……。

「これに付けよう……穴に紐《ひも》を……くっ！　入らない……！」

るしあが紐を通そうとするが、なかなか入らずにいる。

「ぶ、無礼者めっ！　紐の分際《ぶんざい》で、手こずらせるとはっ！」

ストラップを付けようと、一人悪戦苦闘するるしあが……面白くて、つい見入ってしまう。

「おかや〜……」

やがてあきらめた彼女が、俺にストラップを向けてくる。

「はいよ」

俺は受け取って、ささっ、とストラップを付ける。

「ありがとう。やはりおかやは手先が器用だな」

「いや、るしあ。おまえが不器用なだけだぞ」

「くっ……否定はできん」

がくん、とるしあが肩を落とす。

その仕草が可愛らしくてしかたなかった。

白い子猫を見てる気分だ。

「見てみろおかや、おそろいのすとらっぷだっ」

「そうだな」

「ふふっ。これは大事にするぞ。おかやも、大事にしてほしい」

「もちろん」

実に嬉しそうにるしあがうなずく。

「『デジマス』といえば……おかや。次回作のタイトルだが」

るしあは、新しい作品をＳＲ文庫で出すことになっている。

だがそのタイトルが決まらないのだ。

「タイトルは……やはりおかやが付けてくれないか?」

「……俺が?」

「ああ。ワタシは、作品を一番理解してる、おまえに付けてほしい」

彼女からの依頼。作品は子供のようなもの。

本来なら親が付けるべきことだ。でも、その親が信頼している相手が俺だとしたら……断るべきことではない。

それにタイトルを考えるのも、編集の仕事だしな。

……それは、わかっている。

わかっていても……。


——何これ? ラノベだよね?

——カタッ苦しいタイトル~。

——センスねえw

……嫌なことを思い出してしまった。

「すまん、それは、おまえが考えてくれ」

「おかや……?」

「どうにも俺は……センスがないらしいからな」

編集になって、テクニックをいくつも身につけた。

だがセンスを必要とされるものに対して、俺は自信がない。

何度かの打ち切りが、俺に、自分にタイトルを付けるセンスがないことを物語っている。

そんな俺が……期待の新人の、待望の新作のタイトル名を付けるなんて……できない。

俺の手で、彼女の傑作《けっさく》を、汚《よご》したくないから。

「もちろん、相談には乗るから。おまえが案を出してくれ」

「………………」

「るしあ？」

彼女は俺を見上げる。

真剣な表情で、俺を見てくる。

「おかや。それでも、ワタシはお前に託《たく》したい。我が子の名前を、付けてほしい」

「いや……でも……」

「頼む。ワタシは、編集であるおかやを、世界一信用してる。お前に決めてもらったタイトルなら、ワタシはどんなものであろうと納得できる。だから……頼む」

ここまで小説家から信頼されて、断れる編集が居るだろうか。

素直に……嬉しく思う。

だが……同時に迷いもある。

かつて失敗した過去が、俺から自信を奪い、不安が頭を占める。

だが不安を表に出すことで、彼女を不安にさせるのは良くない。

せっかく、頼ってくれたのだから、それに応《こた》えてあげなければ。

「わかった」

「そうかっ。任《まか》せたぞ、おかやっ！」

彼女は実に嬉しそうに、そして美しく、笑うのだった。

★

ショッピングモールでの買い物を終えた俺たちは、ホテルへと戻った。

夕飯を食べた、そのあと。

俺はホテルにある、レストランへとやってきていた。

「岡谷くん、お待たせ」

窓際《まどぎわ》の席に座っていると、ドレスを着た一花が、俺の元へやってきた。

「…………」

びっくりするほど、綺麗だった。

彼女は今、黒いドレスを着ている。

背中と胸元がぱっくりと開いたデザインだ。

真っ白な肌を惜しみなく露出させ、ともすればその大きな乳房が、こぼれ落ちそうである。

背が高く、スタイルの良い贄川に、体にぴったりフィットする感じのドレスは、とても似合っていた。

彼女は長髪の毛を、夜会巻き……とでもいうのか、普段より高い位置でまとめていた。

「待たせてごめんなさい」

「気にするな。ここ、レストラン多すぎるよな」

ホテルの中には多種多様なレストランが存在する。

和洋中フランス、料理ごとにレストランがあるだけでなく、アルコールを飲む用など、シチュエーションに応じたレストランがあるのだ。

一花は俺の前に座る。

どうしても、その大きな胸が視界に入ってしまう。いかんな……。

「ふふっ。岡谷くんが喜んでくれたみたいで、気合い入れたかいがあったわ」

「すまん」

「ううん、いいの。むしろ、見てほしいな……お、岡谷くんに、ドキドキしてもらいたくて、がんばったから……」

ほんのり頬を赤く染《そ》めると、贄川が目線をそらしながら、表情をほころばせる。

大人な雰囲気《ふんいき》と、美しいドレスを身に纏《まと》う彼女は、どこか違う世界の、お姫様のように見えて……戸惑《とまど》ってしまう。

「ええ、そうね」

俺たちは給仕からメニュー表を受け取る。

「ここ……ほんとすごいわね。こんな高いお酒が置いてある。しかも値段が全部書いてないんですもの」

夕飯のときもそうだった。

ここでの飲み食いは、全《すべ》て無料らしい。

『こーんな高級料理がただぁ⁉　すごい！　すごいよー！』

とあかりが驚いていたっけ。

ちなみにＪＫ組は部屋に戻っている。

俺たちが酒を飲むと言うと、自分も！　と言ってきたので、二十《はたち》になってからなと注意しておいた。

「ワインにするかな。贄川は？」

「あたしも岡谷くんと同じもので」

ほどなくすると、給仕が飲み物を運んでくる。

持ち手が異様に長いワイングラスを手に取る。

「それじゃ……岡谷くん。お疲《つか》れ様」

「ああ、お疲れ」

ちんっ……。

贄川はグラスに唇をつけると、ぐいーっと勢いよく飲む。

「お、岡谷くん……すごい、このワイン……美味《おい》しすぎる……」

「ああ、すっと入ってくるな」

ぐっぐ、と一花が速いペースで飲んでいく。

「ペース速くないか？」

一花は確かに酒には強い方ではあるが、ハイペースで飲みすぎると、急性アルコール中毒になるかもしれない。

「ちょっと外暑かったから、今日。ふふっ♡」

「どうした？」

「んー……大学のときもこんな感じだったよねーって。ペース速い私を、いつも岡谷くんが心配してくれて……あれ、地味に嬉しかったんだ。大事にされてるなって」

「そりゃ……友達が倒れたら嫌だからな。心配するさ」

「うふふ～♡」

一花がペースを落とさず飲む。手酌《てじゃく》でワインをつごうとしたので、取り上げた。

グラスにワインを少量つぐ。

「しかし……みんな元気だな……俺もう結構眠いよ」

「あー……わかるわぁ。時差……結構キツいわね」

うんうん、と俺たちはうなずく。ハワイと東京の時差は、十九時間くらいだ。普通にキツい……。

「でもあの子ら、全然疲れてる気配ないわよね。ずっとはしゃいでたなぁ」

「あれが若さか……」

「ええ、若さね……」

俺たちはそろってため息をつく。一花が俺を見て、ふふっと笑う。

「良かった。共感してくれる人がいて」

「俺も」

こうして二人で傷のなめ合いをしてると、少し気が楽になった。

「贄川が居て良かった」

「うぇ!? な、何急に……?」

「いや、ほんと。若いパワーに圧倒されまくりでさ、今日。だから……こうしてゆっくりと、酒飲みながら話せるやつが一緒に居て、良かったなって」

一花が顔を真っ赤にして、うつむいてしまう。

「岡谷くんって……ほんと、もう……ずるいよ」

「ずるい？ なにが」

「そ、そうやって……無自覚に、女を喜ばせる言葉を吐《は》くとこっ」

「そんなことしてるかな……」

「そういうとこなんだよっ、もうっ」

俺も一花も、ほどよく酒が入ってきたくらいのタイミングだ。

「ねえ……岡谷くん。もしかして、何か今、悩み事でもあるの？」

一花がそんなことを突然切り出してきた。

悩み……まあ確かになくはない。

だがそれは仕事の話であって、プライベートの話ではない。

「言ってみて。ほら、言ったら楽になるかもだし」

一花はお酒で頬を赤くしながら、しかし、微笑んで言う。

子供の前で悩むわけにはいかなかった……けど、彼女の前でなら……。

「新作のタイトルを、迷ってるんだ」

「お嬢様が、岡谷くんのレーベルで出すっていうラノベ？」

「ああ。るしあは俺にタイトルを付けてほしいらしい。全て委ねると」

「信頼されてて嬉しいことじゃない？」

……そうだ。信頼が嬉しいのは、事実なんだ。でも……。

正直に心の内を言って良いものか、一瞬迷う。でも、相手は一花だ。言っても、大丈夫だと思った。

「いや……正直言うと、俺は自分のセンスに確信を持てない」

「そんなこと、ないわ。だって、岡谷くんが担当した、お嬢様の前作『せんもし』……すごい良い本だったもの」

せんもし。るしあのデビュー作であり、俺と一緒に作った本だ。一花も読んでいたのか。

まあ、るしあの家で働いてるっていうし、二人は仲が良かった。

「ありがとう。るしあも喜ぶよ」

「違うよ岡谷くん。君がすごいって言ってるの。もちろん、お嬢様の書いた内容も素敵だったけど……本の装丁を考えたのは、岡谷くんでしょう？」

「それは……そうだが……」

「内容が良くっても、お客さんが手に取ってくれなきゃ、売れない作品になっちゃうでしょ？　それは……あなたが、よく知ってるんじゃない？　ねえ、おかたに先生？」

おかたに。それは、かつて俺がラノベ作家をやっていたときの、ペンネームだ。

「…………まだ覚えてたのか」

俺は昔ラノベ作家をやっていた。そのことを、大学の友達である一花も知ってる。

だが、いや……まさか、覚えてくれてるとは。……酔《よ》ってるせいか、年のせいか、うるっときてしまった。だが……。

「……俺の作品が売れなかったのは、単純に内容がダメだっただけだよ。見栄えがいくら良くっても、中身がダメじゃ……」

「でも中身がいくら良くっても、見栄えが良くなきゃ売れないわ。あたしが言いたいのは、『せんもし』が売れたのは、お嬢様だけの力じゃないってこと」

一花は笑みを崩《くず》さず、真っ直ぐに……俺を見てくれる。

俺を……とことん、肯定してくれる。

俺が一度捨てた、否定した……過去《おかたに》を、彼女は認めてくれる。受け入れてくれる。

「どうして……そこまで肯定してくれるんだ？」

酒が回っているからか、弱気になってしまっていた。

一花は俺の手を優しく取ると、きゅっ、と包み込んでくれる。

「あたしは……岡谷くんが作る全てが……大好きだから」

彼女の手から、温《あたた》かな体温が伝わってくる。

開きかけた過去の傷が、優しく……癒《いや》されていく。

「今、編集者としてあなたが作る本も、かつて、小説家として、あなたが書いた本も……あたしは好き。それは今も昔も変わらない。あたしは……岡谷くんの全部を、肯定するよ」

だって、と一花が優しく笑う。

「あたしは、岡谷くんのファンだもの」

……岡谷光彦《みつひこ》のことも、おかたにのことも、ずっと思い続けてくれていたのか。

「タイトルを考えてくれ」というるしあの願いと、俺への期待をどこか重く感じるところがあった。

あの子が作った、今作は……間違いなく傑作だ。

それを、俺のセンスで……台なしにしたらどうしようかと。

いつも以上に、タイトルを付けることに、躊躇《ちゅうちょ》してしまった。

けど……一花は俺を認めてくれる。大丈夫だと、受け入れてくれる。

「……ありがとう、贄川」

肩に感じていたプレッシャーが、少し取れた。

視界が鮮明《せんめい》で、いつもより体が軽く感じる。

「良かった。岡谷くん、笑ってくれたね」

ふふっ、と彼女が微笑む。

酒で上気した頬も、濡れた唇も色っぽく、俺は思わず、衝動《しょうどう》に駆《か》られそうになる。

その細い腰を抱き寄せたくなる。……いかん、酒が回ってるようだ。

「そろそろ、出るか」

「……え、……そう、ね」

フラ……と贄川がよろける。

「大丈夫か？」

「うん……ごめん。ちょっと酔っちゃった。部屋まで……連れてってほしいな」

肩を抱き寄せると、甘い香りが鼻腔をくすぐる。

潤んだ瞳に、サクランボのような唇に、吸い寄せられそうになる。

なんだか、酔いが回っているからか……どうにも今日は、一花が欲しくなる。

「行くぞ」

「うん……」

彼女はだいぶ酔っているのか、足元がおぼつかない。

俺は彼女に肩を貸して、一緒に歩いている。

「岡谷……くん……」

熱い吐息も、体に密着する大きな乳房も、いつも以上に彼女を女性として意識してしまう。

酒で本格的に気が緩《ゆる》んでいるようだ、俺……。


ほどなくして、俺たちは、部屋に到着する。

そうだ……俺たち、同じ部屋だったんだ……。

「いかん……これは……まずい……」

俺は今、だいぶ理性のたがが外れかかっている。

だが……。

「ベッド……行こ……」

「あ、ああ……」

俺は一花をベッドに連れていき、彼女を仰向けに寝かせる。

「んんぅ……」

彼女が身じろぎすると、ドレスから胸がこぼれ落ちそうになる。

ダメだ、と思っても……俺は双丘に引き寄せられる。

「贄川……」

俺は彼女の体に、布団をかけようとする。

ぐいっ、と彼女が俺を抱き寄せて、ぎゅっとハグしてきた。

俺は、正面から、抱かれてる形になる。

「……名前」

「え？」

「……一花、って、呼んで」

甘い声でささやかれる。

ぞくり、と背筋に電流が走ったようになる。

「いや……それは……」

「呼んで……ね？　……じゃないと、離さない」

このままでは、いけない。

彼女から逃げようとするが、けれど……動けない。

それは、彼女の力が強いからか？

それとも……俺が、離れるのを、拒んでるからか。

「……呼んで」

「…………………一花」

酔った一花が、小さく微笑む。

「……うん。よく……できました」

彼女の体から、力が抜ける。

腕を簡単に、振りほどけるというのに……。

俺は、動けなかった。

彼女と、もう少しこうしていたい。

酔いが回ったのと、精神的に凹《へこ》んでいたところに、一花が優しくしてくれたからか……。

「一花、俺、は……」

彼女は微笑むと、手を伸ばして、俺の頬を包み込む。

「……いいよ。来て」

「でも俺は、まだ心の整理が済んでないのに、こんな形じゃ」

「いいの。あたし、あなたにとって、都合の良い女でいいから」

一花は妖艶に、しかしどこか優しく微笑む。

「あたしの体で、あなたの心が少しでもスッキリしてくれるのなら。それに……」

彼女が、甘い甘い、とろけるような甘い声音《こわね》で、ささやく。

「あたし、岡谷くんのこと、好きだもの」

一花は、拒もうとしない。全てを受け入れようとしている。

ダメだと引き止めることは、できない。俺たちは、どちらからともなく、唇を重ねる。

そこから、俺たちは理性を失った。……そして、俺たちは体を重ね合った。

★

翌日、俺は部屋のシャワーを浴びて、ベッドへと戻る。

「ううー……あたしは、酔った勢いで、なんてことをっ……！」

一花が、頭からシーツをかぶって、もだえていた。

「一花」

「ひゃいっ……！」

びくーんっ、と一花が体を硬直させる。

「起きたんだな。おはよう」

「お、お、おはよう……」

一花は体をシーツで隠してる。

だが普段まとめてある長い髪は、解かれて、生まれたままの格好《かっこう》をしている。

「シャワー空《あ》いたぞ。入るだろ」

「う、うん……」

一花は顔を赤くして、もじもじしながら言う。

「あ、あのね……岡谷くん。その……ごめんなさい。昨日は、酔った勢いで、その……」

昨夜《さくや》、俺たちはかなり酔っていた。

お互いがお互いを求めた結果、俺たちは肉体的に結ばれた次第。

「いや、俺の方こそ、すまない。酔ったおまえを、抱くなんて」

「岡谷くんが気にすることないよ。だって……あたしも、したかったし……」

俺は一花の隣に座る。

「死んじゃうんじゃないかってくらい、気持ち良かった……。岡谷くん、あんなに上手なのね」

「普通じゃないか？」

「ううん。すごい良かったわ。前後の感覚がなくなって、天国に居るような幸せな気分で……って、何言ってるんだろあたしっ！」

顔を手で覆って、一花は体をよじる。

「と、とにかく……あたしから岡谷くん誘《さそ》ったようなものだし、気にしないで」

一花は俺を見ると、晴れやかな表情になる。

「元気、出た？」

「ああ、おまえのおかげだ。ありがとうな」

「ううん、どういたしまして。お風呂行ってくるね」

一花はシーツを脱ぎ捨てて……やっぱり恥ずかしくなったのか、体にまいて、風呂場へと向かった。

「…………」

俺はベッドに落ちてる避妊具の空き箱と、使い終わったそれを回収。

落ちているドレスやそのほか、汚れたシーツなどを回収しながら、昨晩のことを思い出す。

一花の白い肌、温かな体、そして甘く切ない声。

十年前、知り合った彼女と、こういう関係になるとは思わなかった。

あのときからずっと、俺の中では、一花のことは、友達だと思っていた。
けど……昨晩の彼女の、乱れた姿。
触れあった手や肌の感触……。
それらを知った俺は、もう一花を、今までみたいな友達とは見れない。
どうしても、女性として意識してしまう。
「…………」
昨夜、一花は俺に好きだと言ってくれた。
体を開いてくれたということは、その言葉に偽りはないだろう。
では……俺はどうなんだ？
一花のことを、これからどう見ればいいんだ。

★

ぴんぽーん……♪
ドアチャイムが鳴る。
覗《のぞ》き穴の向こうに、双子の妹、あかりがいた。
一花は風呂だし、出てきたところで、相手は同性の、しかも子供だ。
あかりに見られても問題ないだろう。

扉を開けて彼女を見やる。

「あかり、なにか用か？」

しかし……。

「…………」

あかりはピタッ、と立ち止まり、険しい顔になる。

廊下の奥、シャワールームを見ていた。

「どうした？」

「……ねえ、おかりん。もしかして、一花ちゃんシャワー浴びてるの？」

探るように、あかりが尋ねてくる。

「ああ」

「……ふーん、そっか。取《と》り繕《つくろ》わないんだ」

あかりは目を閉じて、つぶやく。

「……そっか。そーゆーことか」

驚くほど小さな、そして静かな声で、あかりが言う。

「ねえ、おかりん。今夜、ひま？　話したいこと、あるんだけど」

★

二日目は、別のショッピングモールへ行った。

ボーリングやドッグランなどで遊んだ。また、ホノルル内の動物園を観光した。

あかりはその間、朝の雰囲気は消え、いつもどおり屈託なく笑っていた。

そして、夜。

俺は、あかりの指定した部屋へとやってきた。

「おかりん、おっつー」

「ああ。おまえこの部屋どうしたんだよ」

「るしあんに頼んで、部屋用意してもらっちゃった」

あかりは短めのキャミにミニスカートというラフな格好だ。

「用事ってなんだよ」

「おかりんに、プレゼントあげたくて」

「プレゼント？」

うんっ、とあかりが子供らしく明るい笑みを浮かべる。

「座って座ってっ。となり座ってっ」

あかりがベッドに腰を下ろすと、隣をぽんぽんと叩く。

その子供っぽい仕草が微笑ましく、俺は隣に座る。

「はいこれ、プレゼント！　お姉と選んだんだっ」

枕元に置いてあった包みを、あかりが俺に差し出してくる。

「俺に？　プレゼント？」

「そうっ。ほら、いつもおかりんによくしてもらってるじゃん？　だから、お姉と相談して決めたんだ。日頃の感謝のお礼しよーって」

　あかりが無邪気な笑みを浮かべる。

「…………」

「あり？　どうしたの？」

「ああ、いや……。女の子からプレゼントなんて、久しくもらったことなかったから、どうしたもんかと」

「前妻のババアからはもらわなかったの？」

「ああ。そういえば、俺がいつもプレゼントしてばかりだったな」

「ふーん……そか。ゴミだね、あの馬鹿妻《ばか》」

　んべーっ、とあかりが子供っぽく舌を出す。

「ありがとな、これ。中身見てもいいか？」

「どぞどぞ」

　包みを開けると、入っていたのは、シンプルなデザインのハンカチだった。

「ネクタイにしよっかなって思ったけど、おかりんスーツあんま着ないからさ。サイフとお姉と相談してハンカチにしたんだ」

「なるほど……」

あかりたちからの、プレゼント。

それは思ったよりも嬉しかった。

別に俺は見返りがほしくて、彼女たちを保護してるわけじゃない。

それでも……こうして、彼女たちから感謝の気持ちとともに、プレゼントをもらえるのは……嬉しかった。

「ありがとう。大事にするよ」

「にししっ。喜んでくれて何よりじゃー」

「ああ。しかし、まさかあのおてんば娘が、人にプレゼント贈るようになるなんてな」

十年前じゃ考えられないことだった。

「あ、そうそう！　ねえおかりん」

「ん？　どうした？」

あかりがニコニコ笑いながら、普段の調子で言う。

「実はね～。もう一個！　あかりんから個別のプレゼントが、あるんですよ！」

「まじか」

「お姉との共同プレゼントに加えての、さぷらーいず！」

あかりがぴょんっ、とベッドから降りる。

「菜々子はそれ知ってるのか？」

「いや、これはあかりんが独自に考えたサプライズ演出なので、お姉もるしあんも知らないよ～」

黙《だま》ってる方が面白そう、とでも思っているのだろう。

まったく、いつまで経ってもこの子は変わらないな。

「んじゃー、サプライズ準備してくるからさ。おかりんちょーっと、目ぇつむってて」

「はいよ」

なにをするつもりだろうか。

いやでも、この子は前から、俺や姉をびっくりさせて、笑わせるような子だった。

十年前もそうだったな。

「ん。じゅんびおっけー。もう目あけていいよ」

「はいはい……何する……」

と、そのときだった。

ドンッ……！

俺は誰かに突き飛ばされて、ベッドに仰向けに倒れる。

突然……何が起きてるんだ？

まさか強盗⁉

「違うよ」

「なっ……⁉」

窓から差し込んだ月明かりに照らされて、俺は、俺を突き飛ばした犯人の姿を……見る。

あかりだ。ただし……。

「お、おまえ！　なんてかっこしてるんだ！」

彼女は……何も身につけてなかった。

キャミソールも、下着の一枚すらも、あかりは身につけず、生まれたままの姿だった。

「な……え……あ……？」

月下のあかりは、それは……もう、言葉にできないくらい、美しかった。

真っ白な肌は月明かりに照らされて、青白く、本当に輝いているようだ。

自分の顔より大きな乳房と、つん……と上を向いたサクランボのようなピンクのつぼみ。

太もも、二の腕には、適度な肉がついており……。

そして、体は、一点の染《し》みも曇《くも》りも、毛すらない……芸術品のような裸身《らしん》。

あまりに綺麗すぎて、俺は……思わずしばし呆然《ぼうぜん》と見入っていた。

だが、すぐに俺は正気に戻る。

「すぐ服着ろばかっ……んっ⁉」

あかりは俺に馬乗りになった状態で、俺の唇を……強引に塞《ふさ》いできた。

「んぷ……ちゅ……」

あかりはぐいぐい、と自分の体と、唇を押しつける。

舌を情熱的に絡ませて、まるで自分の舌の感触と、唾液の甘い味を覚え込ませるようだった。

なんだ、これは。

高校生のするキスなのか……？

「あかり！」

ぐいっ、と俺は彼女の細い肩を抱いて、押し返す。

「ちょっとムード足りなかった？」

「そうじゃない！　おまえ何馬鹿なことやってるんだ！」

知らず声が大きくなっていた。

だってそうだろう？

「子供がこんな、ハシタナイ真似《まね》したから？」

ぞくり、とするほど、静かな調子で、あかりが俺の心の中を言い当てる。

「おかりんって、可愛いね」

くすり、とあかりが笑う。

それは……いつも見せる、無邪気な子供の笑みじゃなかった。

目をほそめて、ぺろ……と俺と重ねた唇を、舌でなぞる。

それは……紛れもなく、女の、妖艶な笑みだった。

「いいから服を着ろ」

俺は彼女の姿を直視できず、背を向ける。

「ねえおかりん。いつまで……昔のままだと思ってるの？」

彼女が、俺にしなだれかかってきた。

俺の背には、あかりの大きな胸の感触。

そして……二つの、硬《かた》いこりっとした感触と、あかりの甘い吐息。

「アタシ、もう大人だよ？」

それは、あかりがいつも口にしているセリフだった。

自分は子供ではない、大人であると、何度も何度も。

「おかりんはさ、それを子供の冗談か何かだと思ってるけどね。違うんだよ。アタシ……ほんとに女になったんだよ？」

ぎゅっ、とあかりが強く、後ろからハグしてくる。

乳房の柔らかな感触。

ぐいぐい、と押しつけられる。

甘い髪の毛の香り。

興奮した雌猫《めすねこ》のように、ふーっふーっ、と鼻息を荒くしているあかり。

……こんなあかり、知らない。

「あ、でもね。勘違《かんちが》いしないで。男の子と付き合ったことないし、もちろん処女《しょじょ》だよ。おかりんに……抱いてもらいたくって、綺麗な体ずぅっと保《たも》ってたの」

「おまえ……いい加減にしろ。大人をからかうな」

「アタシは本気だよ。おかりんは……何も……なぁんにも、わかってない」

あかりが俺の服の下に、手を滑り込ませてくる。

冷たい手。緊張しているのがわかる。

だがするり……と俺の胸板と、そして……下腹部に、彼女の手が伸びてくる。

思わず、反射的に、俺は彼女を腕で振り払う。

距離を取って、彼女を見る。

裸のままのあかりが、くすり……と笑った。

「良かった。ピクリともしなかったら、どうしようかって思っちゃったよ」

俺はシーツを摑んで、彼女に押しつける。

「おまえ……一体何がしたいんだよ！」

やはり声が大きく、荒くなっていた。

急に、次から次へと、不測の事態が起きて、対処できてない。

ただ、彼女の体を、前のように直視できなかった。

ダメだ。何を考えてる。

あの子は、俺の教え子で、今は……。

「アタシがしたいのは、昔も今も変わらないよ。大好きなおかりんの、女になることだよ」

あかりが後ろを向いて、シーツを広げる。

肌は隠れたはずなのだが……。

月明かりのせいで、シーツに、彼女の裸が透けて見える。

くびれた腰や、太ももの間にあるカーブライン。

明確に尻も胸も見えていないのに、彼女の姿から……目が離せない。

「おかりんの中ではさ、時が止まってるんだよね。アタシもお姉も、十年前の、小学生のときと、同じだと思ってる」

「同じだろ。今も昔も、子供だ。何も変わらない」

「そうだね。大人は十年じゃなにも変わらないかもしれない。けど……子供は、十年したら、大人になるんだよ」

あかりはシーツを裸身に巻き付けて、獣《けもの》のように、四つん這《ば》いになって、俺に顔を近づける。

そこにいたのは、裸の女だった。

一花と交わった昨晩の記憶もあいまって、俺は……どうしても、性的な興奮を感じてしまう。

「……ねえおかりん？　えっちしよ？」

彼女が耳元で、ささやくように言う。

ぺろり……と俺の耳たぶを舌で舐《な》めると、ぞくりと体に快感が走る。

戸惑いすぎて、頭がついていかない。

だが……体は、どうしようもなく……目の前に居る恐ろしいほど美しい女に反応していた。

「……アタシ、あなたの赤ちゃん産みたいの。アタシの心も体も全部、あなたのものだよ？」

俺は、あとずさりする。

目の前に居るのが、俺の知ってるあかりだとは、どうにも思えなかった。

何か別の、妖艶ななにかのように映る。

あかりが俺の上にのしかかり、そして唇を重ねようとする。

「…………」

だが、彼女が自ら止める。

そして……。

「ふふっ……期待しちゃった？」

あかりは体を起こすと、くすりと笑う。

「残念、おあずけ♡」

あかりは俺から離れていく。

「そんながっかりしなくっても……さ。ちゃんとしてあげるから」

「いや……俺は……」

ぐいっ、とあかりが背伸びする。

「おかりん。これで、わかったでしょ？」

ちら、とその青い瞳が俺を見て、にこりと笑う。

数分前と同じ笑みのはずなのに、まったく違うように見える。

「伊那《いな》あかりは、もう子供じゃないんだ。残念だねおかりん。もうあなたは……アタシのこと、子供って見れないよ」

あかりが自分の体を抱いて、唇の端をつり上げて……艶っぽく笑う。

「アタシのこと見るたびに、今日の出来事思い返しちゃうんだ。次第に耐えきれなくなって……最後には飢《う》えた獣のように押し倒しちゃうの」

そんな予言のようなことを、あかりが言う。

ともすれば強姦《ごうかん》と捉えられる行為。

しかし……あかりは、実に嬉しそうに語る。

「そんなこと……」

「しない、って、言い切れる？」

あかりは自分の唇に、人差し指を立てて、くすくすと笑う。

俺の中から……十年前の、あのクソガキのようなあかりが、消えていく。

「ん。われ、奇襲に成功せり。一花ちゃんに出し抜かれちゃったから、焦《あせ》っちゃった。ごめんね」

俺は、気まずいやら、気恥ずかしいやらで、まともにあかりの顔が見れない。

これから、俺はこの子と、どう向き合っていけば良いんだ。

前ならば、こんな馬鹿なことを、と注意できた。

あかりはニシシと笑って謝《あやま》って、俺はやれやれとため息をつく。

だが……それは、俺が教師で、あかりが生徒だったからこそ、成り立った関係だ。

……その関係は、今日、徹底的に壊《こわ》された。

一花と結ばれ、あかりに押し倒されたことで……。

「…………」

気づけば俺は、ホテルの外に居た。

どうやらあの部屋をあとにしてたらしい。

見上げた空には、見事な満月が広がっている。
思い起こすのは、一花とあかり。
そして菜々子と、るしあ。
俺の周りにいる女子たち……。
「これから、俺は、どう接してけばいいんだよ」
俺は一人、そうつぶやくしか、できないのだった。

間章■ＪＫ妹の過去

《あかりＳｉｄｅ》

伊那《いな》あかり、小学校一年生のときの出来事。
一人の男の人を好きになった日のお話だ。
『…………』
十年前の冬。
あかりは一人、寒空の下に居た。
ここはあかりたちが通ってた学習塾。
塾の入ってる雑居ビルの、屋上。
あかりはうずくまって、泣いていた。
『ひぐ……ぐす……』
なんで泣いてるのか？
それは……その日、学校でいじめられたからだ。

——やぁい、外国人～。
——金髪金髪～。
——髪の毛金に染《そ》めるなんて、不良だ！

クラスの男子から、髪の色を馬鹿《ばか》にされたのだ。
あかりは金の髪に、青い瞳《ひとみ》を持っている。
これは別に、染めたわけでもなんでもない。
あかりたち双子は……特殊な家庭環境にある。
この髪は、親の血のせい。生まれ持ったもの。
『うぐ……ぐす……うぅうう……！』
あかりが悲しかったのは、容姿を馬鹿にされたことも、もちろんあったけど……。
こんな親の元に、生まれてしまった運命が……悲しくて仕方なかったのだ。
あかりも姉も……家が嫌《きら》いだ。
家には居場所がなく、さらに、学校へ行けばガイジンだの不良だのと、馬鹿にされる。
……日本において、この異国の血が混じった見た目は……大変目立つ。
そしてたいていの場合、忌《い》み嫌われる。

——こんな若い頃から髪の毛染めるなんて。

——親は何をやってるのだろうか。

——哀《あわ》れな子供ね。


親が、優しい人だったら、まだ耐えられた。

けどそうじゃなかった。

あかりが頑張っていられたのは……姉が居たからだ。

自分と同じ血が流れている人が、そばにいて、優しくしてくれたから……なんとか頑張れた。

……でも。髪の毛の色を馬鹿にされたり、大人たちから蔑《さげす》まれたりするたび。

……なんで、自分がと思うことは、多々あった。

姉の髪は、綺麗《きれい》な黒色だから。恨《うら》むのはお門違《かどちが》いだと思ってても、姉のことが大好きでも……。

黒い気持ちは、消せない。

『…………もう、やだ』

今日は、姉が風邪《かぜ》を引いて、家で寝てる。

あかりは菜々子《ななこ》の側に居たかった。

姉を看病《かんびょう》したかった。

……でもあの人が、月謝《げっしゃ》を無駄《むだ》にするのかって、殴《なぐ》ってきたから、ここに居る。

『…………しんじゃおう』

髪の色も、この体に流れてる血も、家族も。

あかりでは、どうにもできない、変えられないもの……運命。

だから、そんな運命に生まれてしまったのなら、そんな人生に絶望してしまったのなら……。

死ぬしかない……。

『………』

屋上の手すりを摑《つか》む。

この向こうには……自由が待っている。

あかりは勢いよく手すりを摑んで、鉄棒の要領で、体を持ち上げて……。

『なにやってんだ、おまえ』

ひょいっ、と軽々と、誰かに背後から持ち上げられた。

振り返るとそこには……。

『……おかや、先生』

その人は、伊那姉妹が通っている塾で、アルバイトをしている男。

岡谷光彦《おかやみつひこ》。この当時、大学一年生（十九歳）。

『危《あぶ》ないだろ、こんなとこで、飛び越えようとするなんて』

岡谷はそう注意してきた。

あかりは……驚《おどろ》いていた。大人はいつだって、自分に悪感情を向けていた。

親は、拳を。そのほかの大人たちは、あかりに汚い言葉を。

でも、彼だけは違った。
純粋にあかりのことを心配して、しかってくれた。
『ごめんなさいは？』
『……ごめん、なさい』
岡谷はあかりを抱《だ》っこしながら、微笑《ほほえ》んだ。
『わかればいいんだ』
軽々と持ち上げられたとき、あかりはドキドキしていた。
大人の力が強いことは、姉妹はよく知っていた。
殴られたときの痛みが、大人が強い存在なのだと。
逆らうことのできない恐ろしい存在なのだと、体で教えられたから。
でも……岡谷は、違った。
あの人に初めて抱っこされたとき、ふわりと体が浮いたあの感覚は……忘れられない。
温《あたた》かくて、力強くて……でも、優しい。
『降ろすぞ』
『……や』
あかりは岡谷に、ずっと抱っこしてもらいたかった。
離れたくなかった。こうして……抱っこし続けて、ほしかった。
けれど、岡谷はあかりを降ろしてしまう。

『あ……』

地面に足がついたとき、現実に引き戻された感じがあった。

でも……そのときは、前よりも現実に生きることに対して、嫌《いや》な感じはなかった。

ドキドキ……してた。その感情の正体を、あのときの自分は知らなかった。

『……ねえ、どうして？　アタシのこと、探してくれたの？』

あかりは疑問を口にする。

岡谷はため息をついて言う。

『授業始まってるのに、生徒が来ない。探しに来るのは当然だ』

『そっか……ごめんなさい』

岡谷は自分の頭をガシガシとかくと、『ちょっと待ってろ』と言って、その場を離れる。

ほどなくして、二つの缶《かん》を持って帰ってきた。

『ココアとコーンポタージュ、どっちがいい？』

『え……？』

『好きな方選ばせてやる。どっちがいい？』

岡谷はあかりの隣《となり》にしゃがみ込んで、手に持った缶を突き出してきた。

『な、なんで……？』

なぜ彼がこんなことをするのか？

授業は、どうするの？　そんなふうに尋《たず》ねると、岡谷はこう言ったんだ。

『今日は臨時休講《りんじきゅうこう》になった』
そんなはずはない。
きちんと月謝が支払われてる以上、岡谷は生徒を教える義務《ぎむ》が発生している。
こんなところで、サボりなんてしたら、きっと塾の人から怒《おこ》られる。
実際……怒られていたところを、あかりは見た。
『……なんで？』
気づけば、あかりは泣いていた。
辛《つら》くて泣いてたのではない。嬉《うれ》しくて……泣いていた。
あかりは理解した。
この人は、悲しい瞳をしているアタシを見て、慰《なぐさ》めてくれているのだと。
このとき、初めて……優しい大人に出会った。
暴力を振るわず、偏見《へんけん》の目で見ず……。
真っ直ぐに、子供《あかり》のことを見てくれた。
悲しいことがあって泣いてるのだと、気づいてくれた。
『泣くな』
『だぁってぇ～……』
岡谷は何も言わず、体を抱き寄せて、頭をなでてくれた。
『何があったのかは知らんが……まあ、飲め。温まるぞ』

『うん……』
顔中涙とか、鼻水とかでぐしゃぐしゃで、味なんてわからないけど……。
でも、彼から差し出されたものの温かさだけは、心に染《し》み渡った。
『あの……あのね……先生……』
あかりは、躊躇《ちゅうちょ》した。
悩みを打ち明けるのなんて、初めてだったからだ。
家族にも大人にも……姉にも、心の中の、深い場所にある悩みは、言えなかった。
でも……この人なら、聞いてくれるかもと、あかりは思った。
『あたし……生きてるの……辛いよぉ……』
ませたガキだと、笑われるかと思った。
けれど岡谷は、そんなことしなかった。
『わかるよ』
彼が示したのは、共感だった。
初めて、通じた。自分の中の苦しみを、わかってくれたことが嬉しかった。
『先生も？』
『ああ。辛いなって思うこと、いっぱいあるよ』
『たとえば？』
岡谷は手を上に上げる。

何かを掴み取るようにして、言う。

『俺《おれ》さ、目指してる夢があるんだ。でもその夢がまた遠くて……。しかも今日、俺の友達が、一足先に、俺の夢をあっさりと叶《かな》えちゃって……』

岡谷が何を指して、何を言ってるのか、さっぱりわからなかった。

『こっちが必死になって、もがいて、あがいて、手を伸ばしてるのに……夢にまったく手が届かない。しかし他人はいとも容易《たやす》く手に入れる。ほんと、ままならないよ……』

ただ彼が悲しい顔をしていたのは、鮮明《せんめい》に覚えている。

『世界は大人に厳《きび》しいんだ。なりたい自分に、なりたくても、簡単にはさせてくれない』

……そのときの岡谷は、とっても格好《かっこう》よかった。

彼の話す言葉はしゃれていて、詩人のようだった。

もう……気づけば岡谷に夢中だった。

『でも、おまえは違うよ』

ぽんっ、と岡谷が、頭をなでてくれる。

『おまえはまだ七歳……子供だ。何にだってなれる。世界はまだ見えてないけど、希望ってやつは……探せばそこにあるからさ。だから……』

慰めてくれてる彼を真っ直ぐ見つめる。

もう、あかりは泣いてなかった。

『きぼう、見つけたよ』

『え？』

すくっと、立ち上がって、岡谷の頬《ほお》に……キスをした。

『おかりん！』

『お、おかりん……？　俺のことか？』

あかりは笑顔でうなずいて、こう言った。

『アタシ、世界が好きになったよ！　だって……だって！　おかりんを、見つけたから！』

堂々と、夢を語る。

この理不尽《りふじん》まみれで、絶望しかない世界で。一筋の希望を、未来を、垣間見たから。

『アタシの夢はっ、おかりんの、お嫁《よめ》さんになることっ！　ぜぇ～～～～ったいに、おかりんと結婚《けっこん》するんだから！』

その日伊那あかりは、生きる意味を、見いだした。


目を開けたあかりは、ふうっと息をつく。

岡谷は希望で、王子様で、愛する人で……。だから絶対、彼は渡さない。

たとえ相手がお金持ちのお嬢様《じょうさま》だろうと、大学時代の友達だろうと。

……血を分けた肉親《あね》だろうと、譲《ゆず》らない。

世界で一番、彼を愛してるのは、自分だ。

誰にも、絶対……岡谷は渡さない。この体で、この美貌《びぼう》で、彼を虜《とりこ》にしてみせる。

「だから……覚悟しててね？」

第四章　JKたちと無人島で遊ぶ

俺《おれ》はホテルの一室の洗面所で、歯を磨《みが》いている。
昨晩《さくばん》のことを思い出す。

——ねえおかりん。いつまで……昔のままだと思ってるの？

俺は裸《はだか》のあかりに押し倒され……誘惑された。
十年前、学習塾で教え子だった伊那《いな》姉妹。
彼女たちは何か事情があって、家出してきた。
元教え子であることもあって、俺はあの子らを保護することにしたのだが……。

——もうあなたは……あたしのこと、子供って見れないよ。

「馬鹿言うな。あいつらは、子供だ……俺の教え子なんだ」
そう言い聞かせる。そうじゃなければ、ダメなんだ。

なぜなら、この奇妙な同居生活が成り立っているのは、俺が保護者《おとな》で、彼女たちが被保護者《こども》だから。

俺があかりを大人の女と見てしまったら……。

それはもう……。

「ダメだ。気にしちゃ、ダメだ」

冷水で顔を洗い、邪念《じゃねん》を払う。

俺は保護者であり続けなければならない。

あの子らは、俺を大人として、頼ってきてくれている。

異性として意識するということは、その信頼を壊《こわ》すことになる。

「岡谷《おかや》くん？」

振り返ると、黒髪の美女が立っている。

黒いノースリーブのシャツに、白いチノパン。

あかりたちより一回り大きな乳房《ちぶさ》と、きゅっと引き締まった体つき。

一花《いちか》がそこにいた。

「………」

思い起こされるのは、一昨日《おととい》の夜。

俺は彼女と肉体的な関係を持った。

彼女は、大事な友達である。

けど一花は俺を好きだと言ってくれた。

俺は、そんな彼女の思いと、どう向き合うのか考えた矢先に……。

「どうしたの？　体調でも悪いの？」

一花が心配して、俺に近づいて、額《ひたい》を手で触《ふ》れてくる。

甘い、髪の毛の香りと、化粧《けしょう》の大人っぽい匂《にお》いがする。

一昨日の夜、生まれたままの姿で、甘い声を上げる一花を思い出してしまう。

「な、なんでもない……大丈夫だ」

「？　そう」

俺は、思わず一花を拒《こば》んでしまった。

なぜだ？

彼女と、友達と触れ合うことは……今まであっただろうに。

なのに、今。一花が俺に触れることに対して、誰かに悪いと思ってしまった。

誰かって、誰だ。……馬鹿か、俺は。

「飯《めし》、行こうか」

「そうね、あの子らも待ってるわ」

俺たちはレストランに向かう。

……大丈夫、だろうか。

俺は昨晩から今の今まで、あかりと顔を合わせていない。

ラインでも連絡していない。

はたして、あかりは、どういう顔でやってくるだろうか。

みんなの前で、昨日のことを言いふらす……ようなことは、さすがにしないだろう。

いや、わからない。あいつは、本気だった。

本気で俺を誘惑してきた。ならばこの先も、ところ構わず、俺にアタックしてくるかもしれない。

人前でそんなことされたら、どう言い訳すればいいんだ。

いや、いいのか。別に、言い訳なんて。前々からあいつは、ぐいぐいきてたわけだし……。

ああくそ、ダメだ……。今日はいつにもまして、思考《しこう》がまとまらない。

★

俺たちは目的地へと到着。

このレストラン、朝食はビュッフェスタイル。

ホテルのレストランには大きなテーブルが置いてあり、その上にはトーストなどの料理が並んでいるのだ。

「……おはようございます、せんせえ」

「おかや、おはよう」

朝食の席へ向かうと、菜々子《ななこ》とるしあが、待っていた。

菜々子はロングスカートにシャツ。

るしあは青いワンピース姿だ。どちらもやや幼い印象の、しかし清楚《せいそ》な出《い》で立《た》ちである。

「………」

俺は、残る一人がいないことに気づく。

どこだ、どこにいるんだ……？

あいつは、どんな格好《かっこう》で、俺の前に現れるんだ……？

「おかや？　どうしたのだ」

「……なにか、探してるんですか？」

「え、あ、……いや。あかりは、どこだ？」

と、そのときだ。

「おっすー」

ぽんっ、と誰かが後ろから、俺の肩を叩《たた》いてきた。

振り返ると、そこには……。

「あかり……」

彼女の今日の格好は……。

肩がぱっくり開いたシャツに、短パン、ニーソックス。

長い髪の毛をサイドテールにした……。

……普段どおりすぎる、格好だった。

「おっはー、おかりん」

「あ、ああ……」

あかりは、どう来る？

昨日のことに、触れてくるだろうか。

みんなの前で自慢したり、からかったりしたりするかもしれない……。

「おかりん、どいてどいて」

「え……？」

あかりの手には、お皿が握《にぎ》られている。

「いっぱいとって来ちゃってさー。落としたら大変だし～」

「あ、ああ……すまん」

あかりは普通に、俺の横を通り過ぎる。

「お姉！　あっちにフレンチトーストあったよー！」

「……！　それは、行かねば！」

だーっ、と菜々子が席を立って、フレンチトーストの置いてあるスペースへと向かう。

「菜々子は子供だな」

「るしあん、あっちにチョコフォンデュあったよー」

「ば、馬鹿な!?　ちょこふぉんでゅが、朝から食べられるだと!?」

「マシュマロも置いてあったから、付け放題だぜ！」

「う、うむ……ちょ、ちょっと取ってくる！」

るしあもまた、席を立って離れていく。

残されたのは俺とあかり、そして……一花。

「おかりんたち、何ボサッと立ってるのさ。早く座ればー」

「そ、そうだな……」「ええ、そうね」

あかりが座る。

俺は目の前の空《あ》いてる席に、座りかける。

そこは、あかりのちょうど真正面だった。


——あたしのこと見るたびに、今日の出来事思い返しちゃうんだ。次第に耐えきれなくなって……最後には飢《う》えた獣《けもの》のように押し倒しちゃうの。


昨日の、あかりの言葉を思い出し……。

俺は、あかりの前の席から、一つ離れたところに座り直した。

「？　岡谷くん、なんでそっちに座るの？」

「……なんとなくだ」

言えるわけがない。

近くに居たら意識してしまうから、など、中学生でもあるまいし。

「…………」

あかりは、ジッと俺を見つめていた。

そして、ニコッ、と笑う。

……その笑《え》みは、昨日の大人びた、妖艶《ようえん》な笑みではなかった。

いつも彼女が俺に向ける、子供のような、無邪気《むじゃき》な笑み。

「おかりん、寝癖《ねぐせ》ついてるよー」

「え？　あ、ああ……」

「アタシが直してあげよっかー？」

「い、いや、結構だ」

「あ、そー」

あかりはあっさりと引き下がる。

昨日のように、執拗《しつよう》に、ぐいぐいこない。

……なんだ、どうしてだ？

何を考えてるんだ？　くそ……わからん……。

「はい、岡谷くん」

ことん、と一花が、俺の前にコーヒーを置く。

「あっちにアイスコーヒーあったから、岡谷くんの分もとってきちゃった」

「ああ、ありがとう……」

俺の正面には一花、その隣《となり》にはあかりが座る。

刹那《せつな》、彼女たちの裸がフラッシュバックする。
「……！」
慌《あわ》てて、コーヒーを飲む。
いかん……何を考えてるんだ俺は。
……こんなに、性欲が強いやつだったか？
元妻ミサエは、向こうから絶対に、肉体関係を求めてこなかった。
俺が子供を作ろうと迫《せま》っても、拒まれ続けた。
次第に、俺は肉体関係を持つことを、諦《あきら》めた。
それでいいと思って、仕事に没頭していた。
性的な興味は、年をとるにつれて、薄くなってくのだろうと、自分の中で結論づけた。
……だが、一花と寝て、そして、昨日あかりに迫られてから。
俺は、何度も、何度も、思い出してしまう。
「……せんせえ？」
「おかや、どうした、暗い顔して？」
菜々子とるしあが、不思議そうに首をかしげる。
……だが俺は、またあかりとの、昨日の出来事を思い出す。
あの一幕《ひとまく》があって、俺はあかりを、そういう目で見るようになってしまった。
このまま、無垢《むく》なる二人すらも、同じように見るようになってしまったら……。

と、そのとき。

ふと、俺とあかりの目が合う。

「…………」

目をほそめて、くすり、とあかりが笑う。

それは昨晩見た、艶《つや》っぽい、大人びた笑み。

「少し、トイレ行ってくる」

一旦《いったん》頭を冷やすべく、俺は席を離れる。

ああ、くそ……ダメだ。

どうしてしまったんだ。

昨日と今日で、まるで別人になったかのように、気持ちをコントロールできなくなっている。

こんなに、女に興味を持つようなタイプだったか……？

男子トイレへ入り、顔を水で洗う。

心頭滅却《しんとうめっきゃく》だ。冷静になろう。

「おーかりん♡」

「なっ……!?　あかり!?」

振り返ると、あかりがいた。

「おまえ！　ここ男子トイレだぞ!?」

「ん。そーだね。でも周り誰も居ないし、だいじょうぶじゃない？」

「馬鹿！　出てけよ」

すると、あかりはクスリ……と笑う。

……ぞくっ、とするくらい、妖艶な笑みだった。

「どうして？」

彼女が俺に近づく。

鼻先がくっつくくらい、顔を近づける。

……びっくりするほど、整《とと》った顔つき。

大きな青い瞳に、小さな顔。

リップをつけてるのか、ピンク色で、艶のある唇《くちびる》。

あかりが俺に、正面から密着している。

「は、離れろ……馬鹿！」

「おかりん、かわいい♡」

昨日の、情熱的なキスが、思い起こされる。

……だが、彼女は俺をスルーすると、耳元でささやく。

「……キスして、ほしいの？」

「！　違う！」

俺は彼女の肩を掴《つか》んで、ぐいっ、と離す。

彼女は頬《ほお》を染《そ》めて……目をほそめて、誘惑するように、上目遣《うわめづか》いになる。

「今、トイレ誰も居ないね」

「だからなんだよ！」

「おかりん、どったの？　今朝からずぅっと、動揺《どうよう》しっぱなしでさ」

くすくす、とあかりが笑う。

「アタシの前に座ろうとしてたのに、慌てて別のところに座り直したでしょ？　好きな子を意識しちゃう男子中学生みたいで……かわいい♡」

こいつ……気づいてたのか。

全部……。

「アタシいいよ。一花ちゃんも、お姉もるしあんのことも……おかりんがいやらしい目で見ても。許してあげる」

「おま……ちが……」

「ほかの子と、えっちなことも、させてあげる。でもね……」

あかりは俺の胸《むね》に手を当てて、妖艶に笑う。

「あなたの心は、アタシだけのものだから」

不意打ち気味に、彼女が顔を近づけて、俺の頬にキスをする。

「昔の女のことなんて、忘れさせてあげる。辛《つら》い過去も、アタシ以外の子のことも、全部気にならないくらい、夢中にさせちゃうんだから」
そう言って、あかりは去っていく。
俺は……その場から動けなかった。
こんな状態で、あいつらの元へ、帰れるわけが、ないからだ。

《菜々子Side》

菜々子は、岡谷がいないことにすぐに気づいた。

気になったので、一人、探しに行く。迷子になってしまったのだろうか。

そう思いながら歩いてると……。

「あ！　せんせえ！」

岡谷が男子トイレから、ちょうど出てくるところだった。

迷子じゃなくてホッと安堵《あんど》する、菜々子。

彼の元へ駆《か》け寄《よ》ろうとすると……。

「来るな！」

「⁉」

本来絶対にあり得ないことだ。いつだって紳士的な岡谷が、声を荒らげるなんて。

「あ、す、すまん……怒鳴《どな》って」

「い、いえ……。その……せんせえ？　どうしたんですか？」

いつもの岡谷らしからぬ振《ふ》る舞《ま》いに、菜々子は疑問を抱《いだ》いた。

何か、あったのかもしれない。

菜々子が近づこうとして、でも、さっき怒鳴られたことを思い出して、立ち止まる。

「………」

ふと、菜々子は熱い視線を感じた。顔を上げると、岡谷と目が合った。

……彼が、菜々子のことを見ていた。それだけのはず。でも……なんだか、邪念のようなモノが混じっていた気がした。

ほかの男の人と同じように、菜々子の、大きな胸を見ていたような……。

（せんせえ……わたしの、お、おっぱい見てた……？　い、いや……まさか。せんせえは、紳士だし……）

菜々子は、男が苦手だ。あの人に襲《おそ》われてから、特に、男が怖くなってしまった。

……でも。

岡谷に対しては、恐怖心を抱かなかった。岡谷はほかの男とは違う。自分をいやらしい目で見てこない。襲ってくることなんてない。だって、だって紳士だから……。

「悪い、先戻ってるぞ」

「え、あ、はい……」

岡谷が立ち去っていく。そこへ、入れ違うように、妹がやってきた。

「およ、お姉どったの？　こんなとこで」

「あ、あかりちゃん。せんせえが居なかったから、探しにきたの」

「ふーん……おかりん、まだここに居たんだ。へーえ♡」

……菜々子は戸惑《とまど》う。あかりが、妖艶な笑みを浮かべていたのだ。

「あ、あかりちゃん……？」

「ん？」

「なにか……その、せんせえに、変なことしてない？」

根拠《こんきょ》があるわけじゃないが、なんとなく、そんな気がしたのだ。

あかりがまた、なにか、岡谷に迷惑をかけたのではないか……。

普段のあかりなら、素直に答える。悪いことをしたら悪いことをした、と。でも……。

「秘密♡」

あかりが自分の唇に人差し指を立て、目をほそめる。……その所作が、どこか、大人びていた。

そんなことより、驚《おどろ》いたのは、姉に隠《かく》し事《ごと》をしたこと。

「ひ、秘密って……」

「秘密ったらひーみつっ♡　ほらお姉、戻ろうよ」

「う、うん……」

……岡谷も、あかりも、何か変だ。でも、何が変なのか言語化できない。

……まさか、と菜々子が思う。

（まさか……せんせえと、あ、あかりが……一線を越えちゃった……とか⁉）

菜々子の脳裏《のうり》に、裸の岡谷と、あかりが抱《だ》き合ってる姿がよぎる。

あかりが、気持ち良さそうにあえいでいる。岡谷が、男の目をしていた。

ぎらついた、欲望に濡《ぬ》れた、瞳《ひとみ》。

さっき、自分の胸を見ていたのと、同じ目だ。

……そんな目で、彼に見られたら。自分は……どうリアクションを取ればいいんだろう？

でも……一つ明らかなことがある。

「せんせえ……」

岡谷に、女として見られても、嫌《いや》じゃなかった。ほかの男には無理だけど、でも……岡谷になら……。

★

俺たちは海の上にいる。

「無人島まで持ってるなんて、るしあんやーるー！」

「あ、いや……ワタシではなく、お爺さまの所有の島だが……」

そう、俺たちは現在、船に乗って、無人島に向かっていた。

島内にログハウスがあるらしく、今日から最終日まで、そこに泊まる。

「無人島とかわくわくする～」

「でも、なんか怖いよぉ……あかりちゃん……帰れなくなったら……どうしよう」

「でーじょーぶだ！　なんとかなーる！」

「そっかぁ……あかりちゃんが大丈夫って言うんなら、大丈夫だねっ」

ＪＫたちが無邪気に会話している。

……菜々子の前では、妹《あかり》はいつもの振る舞いを通すようだ。

これから数日間、俺たちは無人島のログハウスで過ごす。

ホテルよりも、狭い空間だ。

滞在中《たいざいちゅう》、あかりが何をしてくるのかは未知数。

もし、俺があかりに迫られている場所を、誰かに見られたら……。

「…………」

「岡谷くん、大丈夫？」

一花が気遣《きづか》わしげに言う。

いつだって、一花は俺に対して優しい。

だが……さすがに、俺と女子高生とが密会している現場を見たら……。

彼女は……どう思うだろうか。

……ダメだ。悲しい顔しか浮かばない。

そんなことを、一花にさせたくない。

「大丈夫だ、一花。俺は、大丈夫だ」

二つの意味合いで、俺は言う。

ほっ……と安堵の吐息《といき》とともに、一花は微笑《ほほえ》む。

「なら、良かった」

……罪悪感を覚える。

別に嘘《うそ》をついてるわけではないし、あかりとやましい関係性を持っているわけでもない。

……だが俺は一花という俺の全《すべ》てを受け入れると言ってくれた、優しい女性がいるにもかかわらず、あかりという、年下の女に、心を揺《ゆ》さぶられているのが……申し訳なかった。

ほどなくして、無人島へ到着した。

「おー！　結構立派な小屋じゃーん！」

船から降りたあかりが、今日から泊まる小屋を見上げる。

二階建てのログハウスだ。

「わー！　見て見ておかりん！　かまどあるよかまど！　ピザ焼いちゃおっかなー」

「「ピザー！」」

きらきら、と菜々子とるしあが目を輝かせる。

「あかり！　お前、ぴざが焼けるのかっ！」

「あったりまえよぉ。あかり姐《ねえ》さんにお任《まか》せあれ」

島には湖や、星が見える開けた場所もあるらしい。

小屋の裏側にはたき火台や望遠鏡などが置いてあった。

ひとしきり小屋の周りを見て回ったあと、入り口へと戻ってきた。

「こりゃあ、色々できますなぁ。ね、おかりん♪」

あかりが無邪気な調子で笑いかけ、俺の腕に抱きつこうとする。

「あ、ああ……」

その腕を、俺はスルーする。

……ダメだ。触れてはいけない。

あの柔らかな胸の感触を思い出すと、心があかりにひっぱられる。

気を抜くと、そのままずるずると、あのみずみずしく、張りのある体に溺《おぼ》れてしまう気がした。

あまり、過剰に接触してはいけない。

「…………」

菜々子は俺を、見上げてくる。

「どうした？」

「……あ、いえ。なんでもない、です」

菜々子が顔を赤らめると、離れていく。

なんだったのだろうか。まあ、なんでもないって言うなら、なんでもないんだろう。

《菜々子Side》

あかりが、岡谷にくっついていた。

(……ダメです。どうしても、うう……意識しちゃう……)

あかりの言う秘密、そして、岡谷の態度の変化。

もしかして、二人は……一線を越えてしまったのではなかろうか。いや、でもそうならそうと、あかりは言うだろうし。

(付き合ってはないと思う……けど。二人には何かあったんだ。なにかな……なにが、あったのかな……たとえば……き、キス……とか。え、ええ！　付き合ってもないのに、キス……しちゃうかな。どうなんだろう……お、男の人って……付き合ってない人とでも、キスとかしちゃう……のかな……)

ドキドキしながら、岡谷、そして妹を見やる。

菜々子は、奥手だから、妹や岡谷に真相を聞くことができない。

だからこそ、妄想《もうそう》してしまうのだ。

(えっちな……キス……。いいなぁ……わたしも……)

……菜々子は男嫌《ぎら》いだ。そこに嘘はない。けど……。

（せんせえとなら……キス、してもいいな。キス……したいって言われちゃったら……断れないかも。断れないっていうか、断りたくないっていうか……）

さっき岡谷とあかりがくっついてる姿を見た。あかりを、自分に変えて、そして……キスをする姿を妄想する。

（せんせえ……嫌じゃ、ないかな。わたしとキス……。でも……あかりちゃんとキスしたなら……わたしとだって……）

「お姉？」

「ひゃーーーーー！」

びょんっ、と菜々子が飛び上がり、尻餅《しりもち》をつく。

「ど、どうしたのさ……？　お姉……」

「ななな、なんでもないよっ」

まさか、エッチな妄想していただなんて言えない。

（うう～……わたしってば、いつの間にこんなハシタナイ女にっ。というか、あかりちゃんとせんせえが、そんな……隠れてエッチなことしてたってことだって、確証がないのに……なにをこんなエッチな妄想しちゃってるんだろう……）

「ほらお姉、置いてかれちゃうよ～。いこいこ♡」

「う、うん……」

妹は良い子だ。でも同時に、悪い子であることも、よーく知ってる。だから……自分の知らないとこで、抜《ぬ》け駆《が》けしていた……って言われても、不思議では決してない。でも……。

(……やだなぁ。隠れてこっそり、付き合ってました、なんて。付き合ってるならそう言ってほしいし……できるなら……双子の、わたしも……一緒に……なんて)

いや、待て、と菜々子は思い直す。

(なんであかりとせんせえが付き合ってる前提なんだろう……もしかしたら、迷惑かけたパターンだってある……よね)

それに気づいて、菜々子は青ざめた顔になる。

(もう、私の馬鹿馬鹿馬鹿! どうしよう……もしそうなら、ちゃんと、謝《あやま》らないと……)

★

「荷物中に運ぶぞ」

「いえっさー！」

あかりが率先して、荷物を運ぶ。

ふぅふぅ……とるしあが重そうに荷物を運ぼうとするので、俺はそれを持つ。

「るしあはいいよ」

「いや……しかし……」

「おまえは体が弱いんだから。座ってなさい」

「…………」

るしあもまた、菜々子同様に、俺を見上げてくる。

「おかや……あの、な。その……」

「？　どうした？」

もにょもにょ、と口ごもったあと、きっ、と決然とした表情になる。

「おかや。荷ほどきしたあと、少し話がしたいのだが、いいだろうか？」

話とはなんだろうか。

この子が真面目《まじめ》な顔をしているということは……仕事、つまり、ラノベのことだろう。

となると、おそらくタイトルの件だろうな。

ペンネーム、開田《かいだ》るしあはラノベ作家。

今度俺の勤《つと》める、新レーベルで、新作を出すことになっている。

だが未だにタイトルが決められず苦慮《くりょ》していたところだ。

何か、タイトルの案でも浮かんだのだろう。

「わかった、あとでな」

★

小屋の中は結構広く、また電気ガス水道が完備されていた。

部屋も個室が五つ確保されていて……俺はホッとした。

ホテルのときのように、一花と同じ部屋となれば……内なる黒い欲情を、抑《おさ》えきれる自信がなかった。

情事《じょうじ》をいたすとなった場合、どうしても音が響《ひび》き、聞かれてしまうだろう……。

子供がいる中で、そんなことは、大人としてできない。やってはいけない。

だから、部屋が分かれていてホッとしている自分がいる。

★

八畳ほどの個室で、俺が荷ほどきしているときだった。

「……あの、せんせえ」

入り口に姉……菜々子がいた。

「どうした、菜々子？」

「あの……ちょっと、聞きたいことが」

「ああ、いいぞ」

菜々子は入ってくる。何か言いだしにくそうにしていた。でも、やがて目を閉じて、俺に言う。

「……あかりと、何かあったんですかっ？」

なにか、あっただと……？

もしや、俺とあかりの、昨日の出来事を知っているのか？

いや、ありえない。

俺はもちろん言ってないし……。

あかりが、言ったとも思えない……。

いや、言ったのか？　なら、どうして……？

とにかく、話を聞こう。

「なにかって、なんだ？」

「……せんせえ。なんだか……露骨《ろこつ》にあかりを、避《さ》けてるような気がするんです」

……何やってるんだ、俺は。

あかり本人だけじゃなく、周りに居るこの子にまで、気取《けど》られてしまっているじゃないか。

まさか、おまえの妹を女として意識してしまい、それ故《ゆえ》に避けているなどと明かせるわけもない。

俺が妹を、そういう目で見てると知ったら、この子は俺を、警戒してしまう。

怖い思いをさせたくない……という、建前と、……軽蔑《けいべつ》されたくない、という浅ましい、二つの思いがぶつかり合う。

……いずれにしろ、この子にとって俺は、保護者でいたい。

「避けてなんてないよ。気のせいだ」

菜々子は立ち上がると、俺の手を握って、顔を近づける。

「……私、せんせえのこと、ずっと見てるから……だから……わかるんです」

妹とは、性格も見た目も、正反対だと思っていた。

だがこうして顔を近くにすると、あかりの面影を、菜々子にも感じてしまう……。

月明かりに照らされた、あかりの裸体《らたい》が、菜々子とかぶる。

……一瞬、あかりの裸が、菜々子のものに変わる。

「……あかりが、何かいたずらして、せんせえを不快にさせたりしてませんかっ?」

……ああ、くそ。

俺は何を考えていたんだ。

菜々子は純粋に、妹が粗相して、俺に迷惑かけてないか聞いてるだけなのに。

「大丈夫だって、あいつがいたずらするのはいつもどおりだろ？」

「……でもっ、でもっ、いつもはせんせえ、すぐにいつもの、仲の良い二人に戻ります。でも、今日はなんだか……今朝からずぅっと、せんせえは、避けてます。あかりのこと」

……本当によく見ているのだな。

意識してはダメだ。それはわかる。

だが今、菜々子に言われて、あかりを意識しないようにしなければと思った時点で……。

……俺の頭の中は、あかりでいっぱいになっていく。

「とにかく、別に俺はあかりと何かあったわけじゃないし、怒《おこ》ってもない。いつもどおりだ」

「…………」

俺が部屋を出ていこうとすると、俺の服の裾《すそ》を、きゅっ……と菜々子が控えめに摑む。

「……せんせえ。なんで、隠そうとするんですか？」

菜々子の大きな黒い瞳が、濡れている。

「……教えてください。何かあったんですよね？」

彼女が今にも泣きそうな顔をしてる。

「……大好きなせんせえに、嫌われるようなことしたら、わたし、わたし……もう……どこにも……行き場がなくなって……」

ああ、そうか。

この子は不安なんだ。

家を出て生きた、菜々子とあかり。

二人が頼れる、最後の場所が俺の家なんだ。

あかりが迷惑かけて、俺を怒らせ、追い出されたらどうしよう……と不安になっているのだろう。

「泣かないでくれ。頼む」

菜々子はぎゅっ、と俺の体に抱きつく。

……柔らかく大きな胸。

庇護欲《ひごよく》をそそる、気弱そうな瞳。

小さな顔も、その瑞々《みずみず》しい唇も……かのパーツは、どれもあかりのものとおんなじで……。

しおらしい態度のあかりが、まるで俺に、泣いて迫っているような錯覚《さっかく》を起こす。

違う！　この子はあかりじゃない、違うんだ……。

「大丈夫、大丈夫だから。俺、おまえたちを投げ出すようなこと、しないから」

「……ほんとぉ？」

そうやって弱々しく、俺に聞いてくる姿は、十年前と同じだ。

だというのに、あかり同様、この子の変化も、近くで見ると感じられる。

幼い顔つきに、不釣り合いな……成熟しきった大人の体。

そして双子の、あかりとそっくりな顔。

ダメだこのままだと……菜々子まで、意識して、それにつられて、あかりのことも……。

「……せんせえ、私たちのこと、嫌いになってない？」

そうだ、ここは、ハッキリ答えないとダメだ。

そこを勘違《かんちが》いしてほしくない。

俺は菜々子の頭を、いつものようになでる。

「嫌いじゃないよ。おまえも、あかりのことも、今も昔も、ずっと」

「……ほんと？　えへへっ、良かったぁ」

そうやって笑う菜々子は、十年前と同じ無邪気さを有している。

俺はその笑みを見て、癒《い》やしを覚えていた。

一花と関係を持った矢先。あかりに押し倒され、これからのこととか。

あかりへの態度をどうしようかと、色々考えて戸惑っていた今……。

彼女の、邪気のない笑みが、心を癒してくれる。

ああ、良かった昔と同じ……。


——おかりんの中ではさ、時が止まってるんだよね。アタシもお姉も、十年前の、小学生のときと、同じだと思ってる。

あかりの言葉が、リフレインする。

……あかりだけじゃない。

この子だって、十年経って、変わってるはずなんだ。

どう変わってるんだ？

体の見た目だけじゃない、中身も……変わってるはず。

「……せんせえ？」

無防備に、彼女が俺に近づく。

髪の毛から香るあまい匂いに、発育しきった体。

気弱で、大人しげな彼女が……。

……そういえば、一度、俺のベッドで、自分を慰《なぐさ》めていたことが……。

って、何を思い出してるんだ、俺は。

「なんでもない。そろそろみんなのとこ行こうか。昼飯の時間だ」

「……は、はい」

こんな無垢な女の子を前に、俺はなにをしようとした。

ああくそ……ダメだ。

どうしても、あかりの顔と、菜々子が近いから……重ねてしまう。

あかりに押し倒された映像に、顔が近い菜々子が、重なる。

「おや、おかりん。とお姉、どったの二人、同じ部屋から出てきてー」

あかりがちょうど、廊下に出てきた。

俺たちを見て、にしし と笑う。

「まさかー、えっちぃことしてたんじゃないのー？」

「……アホなこと言うな。ほら、飯作るぞ」

俺はあかりの側を通り過ぎようとする。

「……お姉で、ムラムラしちゃった？」

ばっ、と俺はあかりを見やる。

「……結構似てるもんでしょ、お姉とアタシって、顔の作り」

「おまえ……まさか……」

ぽんっ、とあかりが俺の肩を叩く。

「さ、行こっか。お姉もほら！　アタシたち、とぉっても仲良しだから、気にすんなって！　ねー？」

あかりが俺の腕に、ぎゅーっと抱きついてくる。

柔らかな感触を受けて、俺はその腕を振り払おうと仕掛ける。

だがここで拒めば、また菜々子を不安がらせることになる。

結局、彼女にされるがままに、なってしまう。

「……そっかぁ、良かったぁ。勘違い、みたいで」

ホッとする彼女の笑顔を見ていると、罪悪感で、胸が痛んだ。

何かやましいことをしたわけではまったくないのに、いけないことをしてる気になってしまう。

……何者かの手の中で、俺の心が、弄《もてあそ》ばれてる気がしてやまなかった。

★

昼飯を終えた俺たちは……。

「海だぁ〜〜〜〜〜〜〜〜〜〜〜〜〜〜〜〜〜！」

水着に着替えて、砂浜へとやってきた。

……チープな表現しか出てこないが、青い空、白い砂浜。そして……紺碧《こんぺき》の海。

あきらかに、日本とは別の風景がそこには広がっていた。

「じゃーん！　水着美女四人衆〜！」

あかりたちはそれぞれ、水着姿を披露《ひろう》する。

ビキニ姿のあかりと菜々子。

ワンピースタイプのるしあ。

そして……すごいきわどい水着の、一花。

「はい誰がエロいかきめよーぜ！」

「あああああかりちゃん〜！」

「まあ一花ちゃんが優勝だね。余裕で。なにそのドエロ水着」

一花が顔を真っ赤《まっか》にして、しゃがみ込む。

「だ、だって……こういうのがいいって……三郎《さぶろう》が……」

三郎にはめられて、こんな妙にエロス漂《ただよ》う水着を着る羽目になったのか……。

「おっかりーん？」

「……ノーコメント」

「んふ～♡　おかりんってば、美女の水着に目がクラクラしてんだね！」

……そのとおりだから、返答にとても困ってしまった。

あかりは、そんな俺の心の機微《きび》を感じ取ったのか、にんまりと笑う。

「んじゃ、海にごー！」

「お、おー！」

「うむ、いざ！」

ＪＫ組が海へと突撃していく。

「うっひゃー！　ちべたーい！　きもちー！」

あかりが笑顔でバシャバシャ泳いでる。

スポーツ得意そうだったから、別に意外とも思わなかった。

逆に、驚いたのは菜々子だ。

「わ、ほんとだぁ、きもちーねー」

菜々子は、結構すいすいと泳いでいるのである。

あんまりスポーツ得意そうでない彼女がだ。

「るしあんかもーん！」

「ま、待ってくれ……」

るしあは浮き輪を装着し、バタ足をしてる。

「なにるしあん、およげないの？」

「うう……泳ぎなんてできなくっていいのだ！　人間は陸で暮らす生物だろうが！」

「なくなよー。アタシがレクチャーしてやんよ」

「なに、いいのか？」

「もち！」

どうやらJKたちは、るしあに泳ぎを教えてあげるらしい。

菜々子がるしあの手を摑んで、バタ足の訓練をしてる。

あかりは隣でアドバイス。

俺と一花は、ビーチに座っていた。

パラソルなども、小屋に置いてあったのだ。

「若いっていいねえ」

「そうだな……おまえは泳がないのか？」

「え、まあ……。あんまり、その……み、水着姿……見られたくないっていうか……」

一昨日全裸《ぜんら》を見ているのだがな……。まあ今の水着、かなりきわどいデザインだから、見られたくないのだろう。

「一花ちゃーん！　おかりんもさー！　おいでよー！　もったいないぜー！」

あかりが手を振っている。正直、彼女が今何を考えてるのかわからない。

だが、まあ、確かにもったいないな……。

色々考えるのも、良くない。泳ぐことで気分転換になるかもしれない。

「行こうぜ、一花」

「う、うん……岡谷君が行くっていうなら……」

《菜々子Side》

（ふぁ～♡　海……たんのーしましたぁ～）

ひとしきりビーチで遊んだあと、菜々子はログハウスに一旦戻り、シャワーを浴びて体の砂を落としていた。

軽くシャワーを浴びるだけなので（このあとビーチでご飯食べるし）、着替えを用意せず、水着のままシャワーを浴びている。

（あかりちゃんが、せんせえにめーわくかけてなかったし。二人は仲良しっぽかったし！　良かった良かった！）

疑問が解消し、海で楽しく遊んだことで……菜々子の頭から、先ほどまであった悩《妄》み《想》はすっかり消えていた。

（あ、うう～……谷間に砂が入って気持ち悪いですぅ～……）

あかり同様、菜々子はかなり巨乳《きょにゅう》だ。

立派な谷間の中に、かなりの量の砂が入ってしまってる。

（ビキニ……はずしてっと……）

ぱさ……と足下にビキニを落とす。そしてシャワーで谷間の砂を洗い流した。

「はふぅ〜……きもちいいです……♡　そうだ。お尻の間にも砂が入ってるし、ついでに〜……」

下も脱いで裸となり、シャワーを浴びる。

（ふわわ〜……きもちいい〜……♡）

完全に、菜々子は油断していた。温《あたた》かいお湯を頭から浴びてて……すっかり油断してしまった。

「はー、さっぱりですぅ〜♡」

……足元に落ちてるビキニを回収せず、菜々子は風呂から出てしまった。

「「え……？」」

……そこで、菜々子はばったり、会ってしまったのだ。

全裸状態で、岡谷と……。

「あ、せんせえ……」

「な、菜々子、お、おま……」

珍《めずら》しく、動揺してる岡谷を見て、首をかしげる。どうしたのだろうか。

情熱的な視線を、どうして、自分に……。

「す、すまん！」

岡谷が脱衣所から急いで出ていった。そして……遅まきながら、菜々子は気づいた。

……自分が、何も身につけてない状態であったことに。

「あ…………あわわわわっ！」

菜々子は顔を真っ赤にして、その場にぺたんとしゃがみ込む。

「わ～～～～～～～～～～～～～～～！」

やってしまった！　全裸状態で、岡谷の前に出てしまったのだ！

（どどどど、どうしよう！　変なモノ見せちゃったよぉ！）

落ち込む菜々子。

「す、すまん……大丈夫か？」

「は、はいっ」

菜々子は急いでビキニを身につけて、軽くタオルで体をふくと、外に出る。

岡谷がすぐさま頭を下げてきた。

「すまない」

「い、いえ！　全然！　てゆーか、私がいけなかったので。脱衣所の、鍵《かぎ》……閉めてなくって……」

脱衣所の鍵を開けっぱなしにした、自分が百％悪かった。

「でも、すまない。こんなおじさんに、裸見られて……嫌だったろ？」

……嫌だったか、だって？

（全然嫌じゃなかった。むしろ……）

むしろ、嬉《うれ》しかった。岡谷は、紳士的すぎた。今までずっと、男の性欲らしい部分を、自分に見せてこなかった。でも……。

（せんせえ……見てた。私の……裸。それに今も……）

見ないように、と気をつけてるつもりだろうが、菜々子の肌をチラ見している。

おそらくは無意識の行動だろうが、見られてる側からすれば、『見られてる』ということがハッキリわかった。

（せんせえ……私の裸に興味ある……のかなあ）

知らない男に、裸をジロジロ見られるのは、恐怖でしかない。でも……岡谷に見られるのは……嬉しい。

（嬉しい？　嬉しいの……私……）

「菜々子？」

「あ、えと……大丈夫です。びっくりしちゃいましたけど、もう平気です」

「そうか……良かった。本当にごめんな」

……裸を見て、菜々子の心を傷つけたかもしれない、と岡谷は心配してくれたようだ。

その優しさは、嬉しい。でもそれ以上に……。

（せんせえ……に、見られて……嬉しい……んだ、私……）

どっどっど、と心臓が早鐘《はやがね》のように脈打《みゃくう》っている。はぁはぁ、と呼吸が荒くなる。

岡谷に、女として見られるのが……嬉しい。

（あ、ここ……脱衣所……二人きり……）

菜々子は、妄想する。自分の体に欲情した岡谷が、迫ってきて、そしてこの狭い部屋で……。

「じゃあ、先戻ってるぞ」

「あっ……」

迫られることを期待していたので、がっかりしてしまった。
（せんせえ……）
いつもなら、ここで紳士的な岡谷は素敵だなぁ、で終わっていた。
でも……今日は違った感情を抱く。
（……いいのに）
岡谷になら、抱かれてもいいのに。
菜々子は目を閉じて、岡谷に抱かれる姿を妄想する。
……そして、自分の体の熱とうずきを、自分で慰めるのだった。

★

海からあがって、ログハウス前に移動した俺たちは、昼食を食べることにした。

水着の上に、パーカーを羽織《はお》った姿のままだ。

「じゃーん！　あかりちゃん特製のピザでーす！」

「「おおー！」」

小屋にはピザ釜《がま》があり、それを使って、あかりがピザを作ったのである。

折りたたみテーブルと椅子《いす》を出して、俺たちは晴れた空の下、昼食をとる。

「す、すごいぞ！　あかりっ、やきたてのぴっつぁだ！」

るしあが、その赤い眼を、紅玉のように輝かせる。

「へへーん、どうよ。生地もソースもお手製ですぜ？」

「……あかり、すごいです！」

「ふふん、どやー？」

きゃあきゃあ、と二人があかりを褒《ほ》める。

「本当に見事なものね、あかりちゃん。飲食店で働いてるからかしら」

一花も感心したように、あかり特製ピザを見てうなずく。

「別に働いてたとかそーゆーの関係なくって、まーようするに、食べて喜んでもらいたいって気持ちが大事だと思うな」

「気持ち……」

「そ。大好きな人に食べてもらいたいって強い気持ちがあれば、誰かに習わずとも、自ずと、料理スキルは上達するもんだよ」

「な、なるほど……参考になるわ」

「今度教えてあげよっか♡」

「え、遠慮《えんりょ》しておくわ……」

一花がたじろぐが、あかりは笑顔のまま言う。

「遠慮しないでよー。一花ちゃんも料理くらいできたほーがいーって。あかりちゃんの味を伝授してあげましょー」

「そ、そうね……じゃあ、今度お願いしようかしら」

あかりが満足そうにうなずく。

「じゃ、みんな……食べて食べてっ。ほら、おかりんは切り分けて」

「あいよ」

あかりはみんながいる前では決して迫ってこない。

俺はどこかホッとしながら、ホイールのようなカッターで、ピザを切り分ける。

「おかや」

るしあが俺のそばまでやってくる。

「どうした、るしあ？」

「ワタシも何か手伝えることはないか？　何でもするぞ？」

真面目な顔つきで、彼女が俺に問うてくる。

一人だけ何もしないのが、心苦しかったのだろう。

「こっちは一人で大丈夫だ。ありがとう」

「……そうか」

肩を落とし、少し寂しそうな表情のるしあ。

せっかく申し出てくれたのに、断るのは気が引けた。

「ならるしあ。紙皿を持ってきてくれないか。キッチンに確かあったはず」

ぱぁ……！　とるしあが表情を明るくする。

処女雪《しょじょゆき》のような白い肌に、赤みが差す。

「ああっ！　まかせておけっ！　見事、おかやからのミッション……この命に代えても果たしてくるぞっ！」

だだっ、とるしあが小屋へと走っていく。

ログハウスの階段にて……。

「ぷぎゃっ！」

るしあがつんのめると、躓《つまず》いてしまう。

「だ、大丈夫っ？」「お嬢様《じょうさま》！」

一花が誰より早く彼女の元へ行き、体を抱き上げる。

「お怪我《けが》はありませんか⁉」

「問題ない。大げさなのだお前は」

「しかし……」

るしあは首を振って言う。

「今は休暇《きゅうか》中、おまえはワタシのボディガードではないのだ」

ぐいっと一花を押しのけて、るしあが立ち上がる。

「すまなかった。すぐ取ってくる」

「ああ、頼んだぞ」

るしあはうなずくと、こつこつ……とサンダルをならしながら、小屋の中へと入っていった。

「大丈夫かしら……」

そわそわ、と一花が心配そうに何度も、小屋を見る。

「大丈夫だろ」

「でも……」

「あの子は……もう十八だ。もう……子供じゃないんだよ」

……それは、自戒を込めての言葉だった。

あかりと菜々子を見やる。

「アヒージョも作ってみましたっ！」

「……すごいっ、あかりちゃんは何でも作れるねっ」

「でしょ〜。クッキングマスターあかりちゃんとお呼びになってもよろしくってよ？」

あかり。あんなに無邪気に振る舞っているのに、昨夜と今朝は、ぞくりとするほどの色香を振りまいていた。

菜々子だってそうだ。

もう男を受け入れられる体になっている。

「高校生は……俺たちが思っている以上に、子供じゃないんだよ」

大人が、子供だからというのを免罪符《めんざいふ》にして、過保護にするのは、あの子たちを無自覚に傷つけることにもなる。

思っている以上に、子供は、子供だからという言葉を嫌う。

それが彼女たちを傷つけていたことを、俺は嫌というほど思い知らされた。

あかりが、あんな強硬手段をとったのは、それだけ、俺の配慮が足りなかったからだろうな……

と今冷静になって気づいた。

「……岡谷くん。なにかあった？」

不思議そうに、一花が俺に聞いてくる。

「ああ……ちょっとな」

ほどなくして、るしあが紙皿を持って、帰ってくる。

「おかやっ。一花っ。どうだ、ちゃんと見つけてきたぞっ。しかも飲み物のコップまでちゃんと！」

るしあが笑顔で、俺たちに手を振る。

「ほらな。任せていいんだよ」

「そうね……そうかも」

るしあが俺たちの元へやってきて、あかりが言う。

「よーし、じゃあいただきまーす！」

「「「いただきますっ！」」」

★

あかり特製のピザを堪能《たんのう》した俺たちは、しばし自由行動をすることになった。

あかりは菜々子を誘《さそ》って、周辺を探索するらしい。

一花と俺は空いた食器を片付けていた。

「おかや」

振り返ると、るしあが真面目な顔で立っていた。

「ちょっといいか？」

「ああ。一花、あと任せるな」

るしあが俺を呼んだということは、おそらくさっき言っていた、話したいことだろう。

俺は彼女に連れられ、二階へと向かう。

二階にもテラスがあり、ここでもバーベキューができそうだ。

「おかや。二つ。おまえに伝えるべきことがある」

「……聞こうか」

るしあは肩からポシェットをかけていた。

中から、一枚のルーズリーフを取り出し、俺に手渡す。

「これは？」

「新しい作品のタイトルだ」

俺はルーズリーフを開く。

「【君と二人旅に出よう、滅びゆく、世界の果てまで】……か」

「ああ。おかやが作ってくれたタイトル案をもとに、ワタシが作った」

るしあはそわそわ、と体を揺する。

俺の反応を欲しているのだろう。

「最高のタイトルだよ。内容と実に合ってる」

「そ、そうかっ！　良かった……！」

るしあは体を震《ふる》わせると、その場でぴょんと飛《と》び跳《は》ねる。

「ハッ……！　んんっ。ありがとう、おかやにそう言ってもらえると、とても自信がついたよ」

子供っぽい所作から一転、普段の堅《かた》いしゃべり方をする。

「しかしおかや……さすがだな。一晩で、こんなにたくさんの候補《こうほ》を作ってくれるとは……」

るしあがポシェットから、紙の束《たば》を取り出す。

俺が素案《そあん》として考えたタイトルを、あらかじめ彼女に書いて渡しておいたのだ。

「おかやが、全て決めて良かったのに」

「いや、やっぱり作品は、作者のものだよ。編集の案は、参考にする程度でいいんだ」

「そうか……ありがとう。おかやの書いてくれた案の中で、気に入ったもの二つをくっつけて、整えてみたんだ」

ふふっ、とるしあが笑う。

「ワタシとおかやとの、いわば子供だな」

「ああ、そうだな」

「〜〜〜〜〜〜〜〜〜〜〜〜〜〜〜〜〜〜〜！　い、今のなし！　今の発言は、て、撤回《てっかい》する！　忘れてくれ……」

頬を赤く染めて、るしあがその場でしゃがみ込む。

恥ずかしかったのだろうな……。

「これでタイトル問題は解決した。あとはイラストが上がってくれれば、秋には本が出る」

「そうか。楽しみだ。なあおかや……タイトルなのだが、ちょっと長いだろうか」

「そうだな。略称《りゃくしょう》とか決めた方がいいかもしれない」

「ううん……思い浮かばない。おかや、なにかないかな？」

「なら、【きみたび】ってのは、どうだ？　まあ単に短くしただけだが」

「きみたび、か……いいな！　それ、気に入ったぞ！　さすがおかや、センスがあるなっ」

……俺にセンスなんてものは、ない。

だがそれをここで言うべきではない。

彼女が頼ってくれているのなら、それに応《こた》える。ただ、それだけでいいんだ。

「それで、タイトルの件と、あと一つ、俺に伝えたいことってのは、なんだ?」

るしあは、固まってしまう。

「それは……」

頰を赤く染めて、目を伏せる。

……ああ、その目。

俺はつい昨夜も、同じような目をした女の子を見た。

「……子供じゃないんだな、やっぱり」

「おかや?」

「いや、なんでもない。話を聞くよ」

るしあは決然とした表情で、俺に近づいてくる。

「……前から、決めてはいたんだ。この原稿、一段落したら、思いを伝えようと」

ポシェットから、一枚の、封筒を取り出して、俺に渡す。

「この手紙、あとで読んでくれ」

短くそう伝えると、彼女は走って去っていった。耳の先まで真っ赤だった。

俺の手には、ピンク色の封筒がある。

ハートマークのシール。裏には【開田流子《りゅうこ》】と、達筆《たっぴつ》な字体で、本名が書かれていた。

俺は封筒を開けて、中身をあらためる。

「……古風だな、お嬢様は」

そこには、こう書いていた。

『好きです。ワタシと、付き合ってください』

間章 ■ ＪＫ作家が生まれた日

《るしあSide》

開田流子《かいだりゅうこ》。開田グループ会長である、高原《こうげん》の孫娘。

これは、彼女がまだるしあではなかった頃の話。

★

五歳の誕生日。

流子は喪服《もふく》に身を包んで、祖父の隣《となり》に座っていた。

流子の自宅である屋敷には、同じく黒い服に身を包んだ、参列者たちが集まっていた。

今日は……流子の父と母の、葬儀《そうぎ》が執《と》り行《おこな》われていた。

「……聞いたか、流子様のご両親、事故死だって」

「……飛行機が墜落《ついらく》したそうよ」

「……可哀想《かわいそう》に、流子様はまだ五歳になったばかりじゃないか」

参列者たちのひそひそ声が耳に入ってくる。

「……開田家はどうする？　流子様は女だぞ？」

「……男児を産む前に次期当主の末川《すえかわ》様が死んでしまったからな……」

開田末川。流子の父の名前だ。

「……高原様もだいぶお年を召しているし、流子様は女だし」

「……開田家はもう終わりかもしれないな」

父の子供は、流子しか居なかった。

開田家は古い家柄である、家を継《つ》ぐのは男と決まっていた。

つまり……流子では、この家の当主になりえない。

「流子よ」

祖父は安心させるように微笑《ほほえ》むと、流子の体を抱《だ》きしめる。

「おぬしは、何も心配しなくて良い。あとのことは、全部じぃじに任《まか》せて、おまえは好きに生きるんだ。家のことなど気にせずに」

好きに生きろとお爺《じい》さまは言う。

だがそれは……できなかった。

「いいえ、お爺さま。それはできません」

「流子……」

……このときから、流子は祖父を、じぃじと呼ばなくなった。

子供で、いられなくなったからだ。

「開田の家はまだ終わっておりません。ワタシが、婿《むこ》を取って、男を産めばそれで何も問題ありませんから」

「流子……し、しかし……それはおぬしの自由を奪うことになるのだぞ？」

婿養子をとり、男子を産む。

この家を存続させるためだけに。

お爺さまの言うとおり、それは、流子という個人の消滅を意味していた。

「おぬしは女でまだ子供だ。わしはおまえに、家に縛《しば》られず自由に生きてもらいたい。好きな男と一緒になり、幸せになるのだ」

「では、この家はどうなるのですか？　父の子はワタシしかいないのですよ？」

「余所《よそ》から養子を……」

「この家に脈々《みゃくみゃく》と流れる、開田の血筋を絶つことは、許されないでしょう？」

お爺さまは、黙《だま》ってしまった。

そして、優しく抱きしめてくれる。

「おぬしは……末川に、父親ににて頑固《がんこ》だな。……すまぬ」

こうして、流子は開田流子として、次期当主を産むためだけの、母体として、生きる運命を背負《せお》わされたのだった。

★

それからの流子は、稽古事《けいこごと》に打ち込んだ。

これは自ら志願したことだ。

お茶に日舞《にちぶ》、マナー、そのほか開田の女として必要となる知識教養を、たたき込まれた。

来る日も来る日も、流子は、稽古に打ち込んだ。

……立ち止まってしまったら、悲しみに押しつぶされてしまうからだ。

だが……寝る前に……流子はいつも、泣いていた。

「……なんで、……どうして」

流子はいつも、そう言って泣いていた。

なんで、この家に生まれたのだろう。

どうして、こんな運命を背負わされなきゃいけないのだろう。

流子には、流子自身にとっての生まれてきた意味も、生きる理由もなかった。

開田の家に生まれてきたことも、両親が死んでしまったことも、次期当主を産むことも、流子には……どうしようもないことだ。

投げたリンゴが地面に落ちるように、夜になれば太陽が沈《しず》むように。

今ここに存在していることは、変えられない運命だと……あきらめていた。

流子は生き方も、生きる意味も、全てが天より与えられた存在。

開田家の女。

高原の孫娘。

周りも、そして自分さえも、そういう目で見ている。


――さすが流子様！　お上手であります！

――さすがは高原様の孫娘、ご立派でございますなぁ！


流子が何をしても、みんながそう言う。

開田の女だからできて当然。

高原の孫娘だからみんなから敬われる。

……一体誰が、流子のことを、流子だって見てくれるんだろう。

どこへ行っても、誰に会っても、流子は流子ではなく、【開田】家の人間として見られ、扱われる。

唯一の肉親である、お爺さまでさえも。

流子を、【両親を失った可哀想な孫娘】という、色眼鏡《いろめがね》で見てくる。

お爺さま、一花《いちか》をはじめとした使用人たち。

屋敷の中に居る人間は皆は、流子に優しい。

……ただ、まるで、腫《は》れ物《もの》に触るかのように、過剰に優しく接してくる。

逆に、屋敷の外に一歩出ると……皆、流子に奇異な目を向けてくる。

真っ白な髪と、血のように赤い瞳《ひとみ》は、この日本では浮きすぎてしまう。

屋敷の中にも、外にも、自分のありのままを見てくれる人は……居なかった。

誰か。ありのままの流子を見てほしい。

流子を、普通の女の子として、扱ってほしい。

何度も流子はそう切望した。

けれどなにをしても、誰に会っても、流子は開田家の女でしかなかった。

★

両親が死んでから、十年くらいが経過した。

流子は十六歳、高校生になっていた。

「お嬢《じょう》、お迎えに上がりました」

学校の前に、巨大なリムジンが停まっている。

運転席から降りてきたのは、黒服の大男、贄川《にえかわ》家の三郎《さぶろう》だ。

贄川家は代々うちに仕える使用人であり、三郎は流子のボディガード兼運転手だ。

「ご苦労」

流子は三郎にドアを開けてもらって、中に座る。

三郎がリムジンを発進させる。

「お嬢、今日の予定なのですが……」

「お茶の稽古だろう？」

「実はお茶の先生が急病らしいんです」

「そうか……」

「ええ。ですので、このあとは暇《ひま》になったわけですが、どういたしますか？」

どうするか……と聞かれても、流子は答えに窮《きゅう》した。

「……どうもしない」

流子は座席の上で丸くなる。

「ご学友と遊びに行くとかしないんですか？」

「……三郎、わかって言ってるだろう。ワタシには、友達なんていない」

開田高原の孫娘。

開田グループ会長の、たった一人の肉親。

そんな流子から、クラスメイトたちは、距離を取った。

当然だ。

日本で最も権力を持つ家の娘なのだ。

そんなやつと、お近づきになりたいとは思わないだろう。

もし、不興《ふきょう》を買ったら、日本で暮らせなくなる……とでも思ってるのだろう。

それくらい、開田グループは、お爺さまは、日本で影響力を持つから。

「友達、欲しくないんですか？」

「……別に。もう、あきらめた」

流子は流れゆく外の景色をぼんやりと見据《みす》える。

すると……三郎は、こんなことを言った。

「お嬢、ちょっと買い物に付き合ってくれませんか？」

「買い物？　別に良いが……どこへ行くのだ」

三郎はくるっと後ろを振り返って、笑って言う。

「ちょいと秋葉原《あきはばら》に」

★

流子はこの日初めて、秋葉原という街を訪れた。

「お嬢、こっちこっち」

「あ、ああ……」

あまりの人の多さに流子は戸惑《とまど》うばかりだった。

毎日休みなく、稽古事に打ち込んできた流子は、どこかへ遊びに行くことなんてなかった。

外界と接する機会など皆無だったから、こうして繁華街《はんかがい》に来るのも初めてであった。

「さ、三郎……おまえ、何をしに行くのだ？」

「欲しいラノベの発売日なんですよ〜」

「らの、べ……？」

聞いたことのない単語だった。

「らのべとは、なんだ？」

「あー……見りゃわかる！　ついてきてお嬢〜」

流子は三郎に連れられ、『りんごぶっくす』という書店に来た。

そこは地下に店を構える書店だった。

入った途端《とたん》、独特の匂《にお》いが流子の鼻腔《びくう》をついて、思わず顔をしかめる。

「お嬢、そっちのエリアに行ってはいけやせん」

「え？　なんでだ？」

垂《た》れ幕《まく》に、『十八禁』と書かれており、エリアが区分けされていた。

「紳士しか入れないゾーンなんです」

「はぁ……」

こっちこっち、と手招きする三郎に連れられ、流子はとある一画にやってきた。

「これです。これがライトノベルです！」

三郎が流子に手渡してきたのは、『デジタルマスターズ』という、一冊の本だった。

「でじたるますたーず……これがラノベか？」

「そうですそうです！　ネットで超人気の作品が、やぁっと書籍化しましてねえ！　買いたかったんですよー」

「ふーん……」

三郎の言ってることのほとんどを理解できなかった。

パラパラとめくると、それが小説であることがわかった。

「お嬢も読んでみません、それ」

「え……？　いや、ワタシはいいよ」

「でもどうせ今日、暇なんでしょー？　なら読みましょうよ！　共に感動を分かち合いましょ！」

感動。

読んで泣けると、三郎は言う。

「小説なんて、読んで泣けるものなのか……？」

「もちろん！　わくわくしたり、ドキドキしたり、エッチな気分になったりと……ラノベは、素晴らしいエンタメですぜ！」

やはり彼の言ってることはまったく理解できなかった。

でも……楽しそうに語る三郎は、本当に楽しそうで……。

そんな気分に、なれるのだとしたら……。

「……ちょっと、読んでみたいかな」

「おっけー！　じゃあ買ってくるから、お嬢ちょっと待っててくださいねー！」

三郎は急いでレジへ……行く前に、『十八禁』とやらの区画へ入っていった。

ほどなくして、三郎が支払いを終えて戻ってくる。

「お待たせ！」

「おまえ、随分《ずいぶん》と遅かったが、あの十八禁とやらのとこで、何してたんだ？」

「おかずを選んでました！」

「おかず……？　弁当でも売ってるのか？」

「紳士にしか通じないおかずです。さっ！　帰りましょう！　あ、それと一花姉ちゃんには内緒《ないしょ》ですよ？」

流子たちは車に乗り込み、出発する。

三郎に渡された一冊の本……『デジタルマスターズ』。

第一巻と書かれたそれを、流子はなんとなしに目を通す。

……三十分後。流子は、滝《たき》のような涙を流していた。

しばらく何も考えられなくて、ただ呆然《ぼうぜん》と、物語の余韻《よいん》に浸《ひた》っていた。

「ど、どうしたんですか⁉　お嬢！」

「……いや、すまない。ただ……ただ……感動して……」

『デジマス』は、凄《すさ》まじい作品だった。

アニメや漫画など、娯楽《ごらく》作品に一度も触《ふ》れたことのなかった流子でさえ……。

その作品を読んで、楽しむことができた。

流子の胸《むね》には様々な感情が流れ込んできた。

泣いて、笑って、熱くなる……。

「本当に……素晴らしいな……この、ライトノベルってやつは……」

この物語を読んでいるとき、流子は自分が、開田流子であることから解放されていた。

主人公のリョウや、ヒロインのチョビをはじめとした、作品の中の登場人物たちに、流子は感情移入して、冒険の旅に出ていた。

文字を目で追っているときだけ、流子は現実を離れ、空想の世界で……最高の時間を送っていた。

ああ、なんて……なんて素晴らしいんだ……ライトノベルは。

「気に入ってくれましたか?」

「ああ！　三郎、もっとないのか？　こーゆーやつ！」

「もっちろん！　おれの部屋にたっくさんありますよ！」

「そうか！　読ませてくれ！　全部だ！」

「オッケー！　よぅしそうと決まれば善は急げ！　おれのベストオブラノベ、全部お嬢に貸してあげますよ！」

★

こうして、開田流子以外の何者でもなかった流子は、ライトノベルというものに興味を抱《いだ》いた。

三郎にラノベを貸してもらい、どっぷりとハマっていった。

特に、『デジマス』は、お気に入りだった。

開田の女として、次期当主を産む母体として、生まれ死ぬ運命だった……流子の灰色の世界に。

彩りを与えてくれた、まさに、神作品だった。

書籍版は三郎に買わせて読み、またｗｅｂ版も最新話まで全《すべ》て読んだ。

早く続きが読みたくて読みたくて……。

そしていつしか、こう思うようになった。

「ワタシも、『デジマス』みたいな、ラノベを、書いてみたいな……」

★

十六の夏。流子は、出版社タカナワのビルへとやってきていた。

「お嬢～……本当に一人で行くんですか？」

流子の後ろには、黒服を着たサングラスの大男、贄川三郎が立っている。

屈強《くっきょう》な大男にしか見えない彼が、おろおろと動揺《どうよう》している姿は、なかなかに面白い。

「書いた作品を、お一人で、出版社に持ち込むなんて……無茶すぎますすよ」

流子は、風呂敷《ふろしき》に包まれた、原稿用紙の束《たば》を手に立っている。

この中には、流子が生まれて初めて書いた作品が入っている。

「心配は無用だ」

「でも……お嬢。高原様に頼めば、こんなことせずとも、本にしてもらえるのではないですか？」

三郎の言うとおりだった。

けれど流子は、開田の名前を出す気はさらさらなかった。

「お爺さまに内緒で書いたのだから、頼るわけにはいかないだろ？」

そうは言いつつも流子の意図は別にある。

流子は生まれて初めて、親に内緒で、何かをした。

今まで流子は、開田の家に相応《ふさわ》しい女になるべく、人から与えられたことだけをこなしてきた。

自分の意思で、何かをしたのは、生まれて初めてだ。

ドキドキして……わくわくしていた。

この胸のときめきを、開田の名前を出すことで、台なしにしたくなかったのだ。

「そうですか……ならおれは何も言いません。お嬢のラノベ、楽しみにしてます！」

にかっ、と三郎が笑う。

「お嬢が精魂《せいこん》込めて書いたんだ、きっと編集部もびっくりしますよ！　とんでもない作品が来たって！」

「お、大げさだぞ……」

「天才作家現れるって、きっとみんなから褒《ほ》められちゃいますよ！　絶対！」

「買いかぶりすぎだ……素人の書いた処女《しょじょ》作なんだぞ、評価されるわけないだろ……」

……そう言いつつも、流子は密《ひそ》かに、この作品が評価されることを期待していた。

「じゃあお嬢！　おれ、ここで待ってます！」

「ああ、行ってくる！」

はやる気持ちを抑《おさ》えながら、流子はタカナワの編集部へと向かった……。

★

「……ひぐっ、ぐす……うぅ……」

一時間後。

流子はタカナワのビルの、女子トイレに籠《こ》もって泣いていた。

原稿は、糞味噌《くそみそ》に、けなされた。

編集部へ行って、流子は編集に、この作品を見てもらったのだが……。

『あーうん、ゴミ以下の原稿っすねえこりゃ』

『つーかさぁ、手書きって今どきなに？　なめてんの？　パソコンで原稿作ってこいっつーの。この時点で読む気失せるわぁ』

『地の文多すぎ。心理描写とかいらないいらない。今はさくさくっと気軽に読めてお手軽にきもちよーくなれる、異世界転生・チートハーレムものが流行《はや》ってるの』

『ストレス展開？　ふざけてんの？　はぁーおいガキンチョ、あんたラノベなめすぎ。今どきの読者はストレスがいちっばんきらいなんだよ。なんで娯楽でストレス求めるわけ？　馬鹿《ばか》じゃん？』

『最後まで読んでないけど、まあゴミだよこの作品。読者が最後まで読めなかった時点でゴミ原稿なわけだけど』

『つーわけで、この原稿は論外ね。きみ才能ないよ』

……流子の相手をした編集は、あの木曽川《きそがわ》だった。

だがこのときの流子は、ショックで、あいつが後におかやをいじめたやつとは、気づかなかった。

「うぐ……ふぐ……うぇえええええん！」

……流子は子供のように泣きじゃくった。

両親が死んだときですら、泣かなかったのに……。

流子の書いたものが、否定されて、辛かった。

こんなにも、自分の書いたものが貶《けな》されると、辛いものなのか……。

「……ラノベ作家なんて、志《こころざ》すんじゃなかった」

初めて、夢中になったライトノベルという世界。

そこに、流子も、自分の思い描いた世界を、持ち込みたいと思っていた。

……けど、結果は惨敗《ざんぱい》だった。

流子には才能がないと、本を出すプロに、お墨付きをもらった。

……やっと、新しい世界が開けると、思った矢先。

流子はすっかり、心が折れてしまった……。

「……かえろ。三郎が、待ってる」

流子はトイレから出る。

と、そこで気づいた。

「あ……原稿用紙……忘れた」

流子が書いた、原稿の束が、その手になかった。

たぶん、編集部に置き忘れてしまったのだろう。

「……もういいや」

きびすを返して、立ち去ろうとした、そのときだった。

「ちょっと待ってください！」

誰かが、流子に声をかけてきたのだ。

振り返ると、そこにいたのは……。

男の人だった。

特徴のない人だったが、背が高く……なにより、優しい眼をしていた。

「開田流子さん、ですね？」

「え……？　あ、ああ……どうして？」

男の人の手には、原稿用紙の束が、握《にぎ》られていた。

「私はＴＡＫＡＮＡＷＡブックスの編集をやってます。岡谷《おかや》と申します」

ここで、流子は運命の人となる、おかやと初めて出会った。

「開田さん、編集部に、これをお忘れになったでしょう？」

「わざわざ届けにきてくれたのか……？」

「ええ。木曽川……後輩がこれを捨てようとしていたので。それはまずいと、探しに来た次第です。まだ近くに居て良かった」

ほっ、と心からの安堵《あんど》の笑《え》みを、彼が浮かべた。

だが流子の表情は晴れない。

「……そのまま、ゴミに捨ててくれて、良かったのに」

すると……。

「捨てるなんて、とんでもない！」

「え……？」

ぽかんとする流子に、彼は、真剣な表情で言った。

「あなたの書いた作品は、素晴らしい作品です。これを捨てるなんてこと、私にはできない」

……一度手ひどく否定されたからか。

彼の、作品を褒める言葉が、胸に染《し》みる。

「……ほんと、に？」

「はい。本当です」

「……う、うぅ、うぇえええええええええええええええん！」

ボロボロになった心を、彼の優しい言葉が包み込んでくれた。

流子は嬉しくって、子供のように、また泣きじゃくってしまった。

★

「先ほどは、みっともないところを見せて、申し訳ない……」

流子たちが居るのは、タカナワの近くの喫茶店《きっさてん》。

今後のことで、打ち合わせしたいということで、流子はおかやとともに、ここへ来た。

「………」

来る前に、三郎に断りを入れておいた。

彼は『デートじゃん！　やったー！　お赤飯炊《た》かないと！』と馬鹿なことを言っていた。

デートって……いや、でも。

男の人と、二人きりでお茶するなんて……。

デートか。これが、デートなのか……？

「開田さん？」

「す、すまない……」

原稿に目を通していたおかやが、私の目を真っ直ぐに見る。

どきっ、と胸が高鳴った。

なんだか知らないが、無性に胸がドキドキする。

彼の目を見ていると、恥ずかしくなって、思わずそらしてしまう。

「もう一度読ませてもらいましたが、本当に素晴らしい作品だと思います」

「ほ、本当の……本当に？　さっきの編集は、ダメだと言っていたが……？」

「まあ……彼の言っていたことも、確かではあるんです」

彼は辛そうな顔に一瞬なる。

「ライトノベルは特に、軽妙なものが好まれる傾向にありますから」

「そうか……」

気を落とす流子に、彼は強い言葉で言う。

「しかし開田さん。あなたの作品は、とても魅力的です」

顔を上げると、彼は微笑んでいた。

「この原稿用紙の中に、あなたの創《つく》った登場人物たちは、ちゃんと生きて存在している。確かな筆力、魅力的なキャラクター……そしてなにより、作品に対する深い愛情が、ここには込められています」

「…………」

「ラストの展開も見事でした。途中の辛い展開は、この感動のための前振《まえふ》りだったんですね」

岡谷は、流子の原稿を、しっかり読んでくれた。

流子が作品に込めた思いや、意図を、完璧《かんぺき》に把握《はあく》してくれた。

こんなにもワタシを理解してくれたのは彼が、初めてだった。

「ここまでの見事な作品、私は見たことがありません。開田さんはとても才能があります」

「さい、のう……」

ぽろぽろ……と流子は涙を流してしまう。

さっきと違って、これは嬉し涙だ。

……泣いてばかりだな、ワタシは。

でも少し前までは考えられないことだった。

死んでいるように生きていた流子に、ライトノベルは……彩《いろど》りを与えてくれた。

そして……目の前の、この男性《おかや》からは、幸せな気持ちを、与えてもらっている。

嬉しかった。ただただ、嬉しかった。

「開田さんは作品を余所で書いた経験は？」

「いや……これが初めてだ」

「そうですか。素晴らしい、天才だ」

「や、やめてくれ……」

流子はまともにおかやのことを見れなくなって、両手で自分の顔を隠《かく》す。

「せ、世辞《せじ》は結構だ」

「いえ、お世辞じゃありませんよ。本当に素晴らしい才能を持ってる。いずれ、あなたはすごい作家になれますよ」

作家になれる。

それを聞いたとき、心が躍《おど》った。

流子には、作家の才能がある。

開田の女として以外の、生きる道が……そこに開けた気がした。

自分には、開田流子以外の、生き方があるんだと知って……涙が出るほど、嬉しかった。

……だが、すぐに冷静になる。

「……無理だよ」

「どうして？」

「だって……ワタシは、」

開田の家の女として生まれて、それ以外の生き方を知らないから。

作家に、本当になれるか、不安だった。

「……『デジマス』のカミマツ先生のように、ワタシみたいな小娘が、なれるわけがない」

するとおかやは、流子の手を、そっと包み込んでくれる。

「……え？」

「大丈夫。自信を、持ってください。開田先生」

彼は真っ直ぐに、ワタシを見てくれた。

開田高原の、孫娘ではなく。

開田流子でもなく……目の前に居る、ワ、タ、シ、の目を。

何の色眼鏡もかかってない、純粋な瞳で……真っ直ぐに。

「あなたには、才能がある。読んだ人に、夢を見させられるような……そんな、すごい作家の才能が、あなたにはあります」

その瞬間、流子は恋に落ちた。

流子の心の中に、彼の言葉が、存在が、すとん……と。

家柄とか、育ちとか、そんなものを岡谷は見ていなかった。

流子と、そして、彼女の中に眠る才能だけを見てくれていた。

今まで、ありのままの流子を見てくれた人は、誰も居なかった。

流子に過剰に、腫れ物のように触れるのではなく、普通に接してくれる人も、居なかった。

この人が、初めてだった。

開田の家としてでも、両親を失った不幸な少女としてでもなく……。

流子を、見てくれた人は。

「私を信じて、ついてきてください。あなたを最高のラノベ作家にしてみせます」

岡谷が手を差し伸べてくる。

……そのとき、目の前に居る彼は、まるで物語に出てくる、白馬に乗った王子様のように見えた。

その当時の流子には、二つの道があった。

このまま開田の女として、一人で生きる道。

もう一つは……この人とともに、手を取り合って、作家として生きていく道。

「ああ……是非《ぜひ》もない！」

流子は彼の手を取って、ぎゅっ、と握る。

まるで、光り輝く運命を、摑《つか》み取るかのように。

「ワタシを、最高の作家にしてくれ！」

「ええ、約束しますよ」

この瞬間、流子の地獄は終わりを告げた。

色づく世界で、流子は彼という男性を見つけ出した。

岡谷光彦《みつひこ》。流子を地獄から救い出してくれた……王子様。

その後、おかやと苦楽をともにした。

辛い改稿《かいこう》作業。佳作からのデビュー。スランプ。

そして……アニメ化。

どんなときも、開田流子のそばには、おかやが居てくれた。

彼と一緒に仕事をしていくうちに、流子の彼に対する思慕《しぼ》の情は、もう胸の中にとどめておくことができなくなった。

流子は、前々から決めていたのだ。

デビュー作が、完結したら、彼に告白するのだと。

……なあ、おかや。心の中で、流子はつぶやく。

お前が好きだ。お前を愛する女がほかにどれだけ居ても、流子にとってお前は唯一無二《ゆいいつむに》で特別だ。

血の呪縛から解放し、生きる喜びを教えてくれたのは、彼だ。

そんなこと、知らないだろう?

でも……流子は彼に感謝してる。

彼にならこの血も、肉も、魂《たましい》も、未来さえも。

自分の全てを捧《ささ》げても良いと思ってる。

——だから……おかや。ワタシを、お前の女に、してくれないか?

第五章　ＪＫたちとの恋は乱戦状態へ

俺《おれ》がるしあからラブレターをもらった、その日の夜。

夕飯を食べたあと、俺は空《あ》いた皿を、小屋のキッチンで洗っていた。

「…………」

頭の中を占めているのは、るしあからのラブレターだった。

達筆《たっぴつ》な字で、俺への愛が語られていた。

『今夜二十一時。近くの湖にて待ってます』

るしあは、俺からの返事を期待している。

返事……返事、か。るしあは俺のことが好きだという。

それは、以前ならば、子供の言うことだと、半分聞き流していただろう。

「おっかりーん」

ぽんっ、と誰かが俺の背中を叩《たた》く。

ふりかえると、あかりが微笑《ほほえ》んで立っていた。

「お手伝いしますぜ？」

……大丈夫だと言いかけて、やめる。

「ああ、頼むよ」

「ん。おっけー」

俺たちは台所で並んで立ち、無言で皿を洗う。

「ねーおかりんさー」

「なんだ？」

「るしあんに告《こく》られた？」

……一瞬の、静寂《せいじゃく》があった。じゃあ……と水を流す音だけがそこを支配する。

突然のことで、俺はとっさに反応できなかった。

それは無言の肯定と捉《とら》えられたようだ。

「やっぱねー」

「なんで、わかった？」

「ま、なんとなーく。女子は男子が思ってるより、色々敏感《びんかん》なんですよ。お姉は別だけど」

今日の夕食時、るしあは終始無言で、こっちを一切見ようとしていなかった。

そういう態度から、感づかれてしまったのだろう。

「おまえは、相変わらず勘《かん》が良いな」

「んふふっ♡　それで……どうするの？」

あかりの声音《こわね》は、実に平坦《フラット》なものだった。

まるで、今日の天気でも聞いてるかのごとくだ。

「……悩んでる、どう向き合うべきか、な」

昨日の、あかりの裸身《らしん》が、脳裏《のうり》をよぎる。

あかりたちはもう大人の女性だ。

そんな彼女たちが、真剣に俺との交際を望んでいる。

それに対して、子供の戯言《ざれごと》だと流すのは……残酷《ざんこく》なことだ。

だからしっかり考えないといけないのに。

大人として、誠実に、返答を。

「作家としてか、女としてか、おかりん的にはそこで迷ってるの？」

ここで選択肢を間違えば、今後の彼女との仕事上での付き合い方にも、支障が出てくる。

るしあを女として見るのか、作家として見るのか。

少なくとも女として見てしまったら、俺も……何より彼女も、一緒に仕事するのは難しくなるかもしれない。

それは、俺たちの夢にも支障が出てくる。

俺はあの子に約束したんだ。最高のラノベ作家にしてやる、と。

「おかりんは、嬉《うれ》しくないの？　告られて」

「嬉しいさ。少なくとも、おまえたちはそれぞれが魅力的だからな、しかも美人ときてる。まったく困ったもんだ。この中から一人選べなんてな」

「………………」

「あかり？」

急にあかりが黙《だま》りこくってしまう。

彼女の顔を見ると、うつむいて、首筋まで真《ま》っ赤《か》にしていた。

「……あ、……え、……っとぉ」

ぱくぱく、と金魚のように口を開いたり閉じたりしている。

やがて、こほんっ、と咳払《せきばら》いをして、ニコッと笑う。

「……くわぁあああ！」

あかりはその場にしゃがみ込んで、両手で頭を抱《かか》える。

「おかりん！　不意打ち！　卑怯《ひきょう》だよ！」

「え？　ああ……恥ずかしかったのか？」

「そうだよっ！　もうっ……急にそんな……嬉しいこと、言わないでよ……馬鹿」

あかりも、大人になったとは言え、不意打ちで褒《ほ》められて照れてしまったのだろう。

「と、とにかく……さ。るしあんもさ……嬉しいと思ってるよ。おかりんが、意中の彼が、自分のこと真剣に考えてくれてるんだから」

皿を洗い終えて、あかりが手を拭《ふ》く。

「それに今結論を欲しいって思ってないと思うよ。急だったし」

「おまえも、そうなのか？」

「もちろん。あ、一花ちゃんも多分そうだよ」

俺は一花から告られたことを、あかりには一切告げてない。

「……エスパーか、おまえは」

「そのとおり。エスパーあかりんには、なーんでもお見通し」

周りに誰も居ないのを良いことに、あかりが俺に詰め寄ってくる。

後ろが壁になっていたので、俺はあかりに密着される形になった。

薄着《うすぎ》の向こうから伝わってくる、柔らかく、大きな胸《むね》の感触。

張りのあるそれが胸板に押しつけられ、いやらしく形をひしゃげさせる。……目が、釘《くぎ》付けになる。

むせかえるような甘い香りの中、あかりはささやく。

「……いいよ、ほかの子に浮気しても。アタシ……許したげる。ほかの女の子とキスしても、デートしても、えっちしても……おかりんの欲望……ぜぇんぶ、許してあげる」

でも、とあかりは吐息《といき》が耳にかかるくらいの距離で、言う。

「……最後にあなたの心を奪《うば》うのは、アタシだから」

それだけ言うと、あかりは手を振って去っていった。

「……これで三人、か。何かアタシも策を考えないと」

★

二十一時になり、俺は指定された場所へと向かう。

そこは森の中にある、周囲を木々に囲まれた湖だった。

夜景を楽しむためなのだろう、白いベンチが置いてあり、るしあが待っていた。

「来たか、おかや」

「ああ」

俺はるしあの隣《となり》に座る。

彼女は頬《ほお》を赤くすると、一歩、俺の方へと近づいてきた。

彼女は凛《りん》とした表情をしている。

覚悟《かくご》が決まった顔、とでもいうのだろうか。

「おかや。ありがとう、逃げずに来てくれて。……子供の戯言だと、一蹴《いっしゅう》されるかと思って、怖かったのだ。本当は」

世間的に見れば、二十九歳と十八歳では、年が離れすぎている。

彼女もその自覚があったのだろう。

自分が、子供と思われてしまう……と。

「逃げないさ」

「そうか……」

るしあが口元をほころばせる。

「……嬉しい。ちゃんと、向き合ってくれて」

しばしの沈黙《ちんもく》があった。

さぁ……っと夜風が吹き抜ける。

「………」

るしあは自分の肩を抱《だ》いて、こする。

ハワイは、常夏《とこなつ》の国だ。それでも夜は肌寒い。

俺は来ていた上着を脱いで、るしあの肩にかける。

「おかや……」

「風邪《かぜ》引くぞ」

彼女は嬉しそうに笑うと、ぎゅっ、と上着を握り締める。

「それで……返事なんだが」

答えるべき言葉を探す。

以前なら大人として取《と》り繕《つくろ》うべきだろうと、思っていた。

だが彼女はそれを求めてない。

だから大人としてでも、編集としてでもない、俺の言葉を告げる。

「俺は……正直、迷ってる」

「迷う……？」

「ああ。俺は、おまえのことは好きだぞ」

「ッ！　そ、そうか……」

るしあは真っ白な肌を赤くする。

サラサラの髪の毛を手で何度もすきながら、ふにゃふにゃと口元をほころばせる。

「おまえの真っ直ぐなところ。頑張り屋なところ。この二年間、おまえと一緒に仕事して知ってる。良いところを、俺はたくさん」

彼女の原稿を初めて読んでから、今日までの二年間。

俺たちは苦楽をともにした。

だが……。

「あくまでも、それは編集・岡谷光彦として、開田るしあと過ごした二年間だ。開田流子のことを……俺は何も知らない」

「……そう、だな。ワタシも、お前に隠《かく》してることは、いくつもある」

男女の仲になる前に、俺たちはもっと互いをよく知る必要があった。

そのことを告げようとしたのだが……。

「う……うぅうう～………」

「る、るしあ⁉」

彼女が急に涙を流し出したのだ。

「ど、どうしたんだよ？」

「だって……だってぇ～……」

あふれ出る涙を、るしあが手で拭《ぬぐ》う。

俺は慌《あわ》ててポケットからハンカチを取り出して、彼女の頬を拭いた。

「だって……だって……おかや……ワタシのこと、振るつもりなんだろぉ～……？」

「なっ？　なんでそうなるんだよ……」

「え……？」

ぽかん、とるしあが目を丸くする。

どうやら誤解させてしまったようだ。

「るしあ。俺はおまえに、ちゃんと向き合うよ。ただ……今までの俺は、おまえを作家としてしか見てない。そんなうちから、返事はできない」

「じゃ、じゃあ……？」

「少し、考える時間をくれ。少しずつ……おまえのこと、ちゃんと女の子として見るようにするから」

年齢とか、子供とか大人とか、そういうので誤魔化すのはやめようと思う。

俺はるしあ以外の子とも、真っ直ぐに、彼女たちと向き合っていくんだ。

「おかや……」

るしあは目を涙で潤《うる》ませると、俺の腰に抱きついてくる。

……こんなにも小さく、儚《はかな》い彼女も、十八歳の大人の女なんだな。

「るしあ。実は俺、ほかにも好きだと言ってくれてる子がいるんだ」

「……なんとなく、理解してる。一花とあかりであろう」

やはりあかりと同様、この子も察《さっ》していたのだ。

「本当ならおまえのことだけを見据《みす》えたいところだが、俺は……」

「……わかってる。ほかの子らのことも、憎からず思ってるのだろう？」

一花は十年来の友人。一緒に居ると安心する相手だ。

あかりはいつも俺に元気をくれる。

「俺は、彼女たちから向けられてる好意を……ないがしろにできない。もちろん、おまえのことも、尊重《そんちょう》したい」

「……よくばりなのだ」

「優柔不断なだけさ」

るしあが顔を上げると、微笑む。

「ありがとう、教えてくれて。優しいな。ちゃんとワタシと向き合ってくれる」

「そういうの、嫌《いや》か？　俺が違う女のことを考えるの？」

「いいや」

るしあはスッキリした顔で、ふるふると首を振る。

「魅力的な男性に、複数の女が好意を持つのは当然のことだとお爺さまも言っている。特におかやは、人格にも能力にも優れた男だ。ワタシ以外の女が惚《ほ》れるのも当然だろう」

「そ、そう……か？」

「ああ。だが……誰がお前のことを好きであろうと、ワタシの思いは変わらない」

るしあは俺の胸にトン……と触《ふ》れる。

「ワタシはお前のものだ。この体も、心も……全部」

るしあが目を閉じて、俺に体を預ける。

「……抱いても、いいんだぞ」

と、そのときだった。


「……だ、ダメですっ！」

振り返ると、そこには黒髪の美少女がいた。


「ワタシたちのこと見ていたのか？」

菜々子は駆《か》け寄《よ》ってくると、ベンチに座る俺のことを、後ろから抱きしめてくる。

「わ、わたしも……わたしも！　せんせえのこと、好きです！」

ぎゅっ、と菜々子が俺を放すまいと、強く抱きしめてくる。

「誰にも渡さないもんっ。せんせえのことっ！」

「あー……お姉。ちょいっとタンマ。落ち着けって」

「あかり……それに、一花も……？」

木陰《こかげ》からぞろぞろと現れたのは、あかりたちだった。

旅行メンバーが全員揃《そろ》った形になる。

「い、一花……お前まで……」

「お、お嬢様《じょうさま》！　申し訳ありません！　気になって……つい……」

「……いや、仕方あるまい。気持ちはわかる」

るしあが優しい声音で言うと、一花がホッ……と安堵《あんど》の吐息をつく。

俺を好きと言ってきた女性が、四人。

しかもほぼ同時に、告られている。

「ただでさえゆーじゅーふだんなおかりんが、四人の女性から好意を持たれてさ。正直困ってるんじゃないの？」

「まあ……普通にどうするか悩んでる」

しっかり一人一人と向き合うと決めはしたが、さすがに四人も同時になると思うと……。

「そこで天才あかりちゃんから、提案がありまーす」

「「提案？」」

一花、るしあ、菜々子が首をかしげる。

「おかりんさ、アタシたち、全員と付き合ってよ♡」

「全員と付き合う……………………………………は？」

な、何を言ってるんだ……こいつは？

「……あ、あかりっ。それって、う、浮気だよぅ！」

菜々子が顔を赤くして言う。

「え、浮気じゃないよ。おかりん誰とも本気じゃないんだから。誰もきちんと選べていないもの」

「……そ、そう……か、な？」

困惑する菜々子に、あかりが続ける。

「おかりん、ちゃんとアタシたちと向き合うって言ってくれたでしょ？　だからお試しに、付き合ってみるのどうかな」

「お試しって……四人全員とか？」

「そー。誰か一人とだとその子が贔屓《ひいき》になっちゃうでしょ？　だから、全員と♡　それなら、おかりんが一人の子のことだけ考えてても、ほかの子たちは安心できるし〜」

一花は首をかしげる。

「い、今の子の恋愛って……こういう感じなの？」

「そりゃおかりんに対してだけだよ。こんなおかしな提案するの」

「あ、良かった」

ホッ……と一花が、あかりの言葉に安堵の吐息をつく。

「でも一花ちゃんだって嫌でしょ？　自分のこと見てほしいのに、おかりんがほかの子と、三人も、しかも若い相手に、うつつをぬかすの。不安じゃない？」

「そ、それは……」

「だからさ、とりあえず付き合うの。とりあえず、恋人って肩書きがあれば、平等だし。安心できるでしょ？」

「う……確かに……」

次に、あかりがるしあを見やる。

「るしあん」

「言葉は不要だ。ワタシは乗ってやろう、お前の策略《さくりゃく》に」

るしあは真っ直ぐに、あかりを見やる。

「……策略？」

「どういうことですか、お嬢様？」

ふんっ、とるしあが鼻をならす。

「さも善人ぶって、みんなのためと言ってるが、ようするに自分がおかやと一歩進んだ関係になるための方便ではないか」

そんなことを、考えていたのか……。

「まー、どう解釈《かいしゃく》するかはるしあんの自由だよ」

あかりがさらりと流す。

るしあは真っ直ぐに彼女を見て言う。

「ふん……小賢《こざか》しい。だが良いだろう。これはおかやの負担にならない手でもある」

「へー、冷静じゃん。いつものようにわめくかと思った」

「お前も、ワタシにおかやを取られるのを嫌がって、駄々《だだ》をこねるかと思ったのだがな」

「残念だけど、あんたみたいなお子ちゃまに、負けるつもりも、おかりんの心を譲《ゆず》るつもりもないんで」

二人がにらみ合っている。

菜々子は困惑《こんわく》しつつも……。

「……わ、わたしは、その……別に。せ、せんせえの……か、彼女に、なれ……る……きゅう……」

しゅうう……と顔から湯気を出し、菜々子がその場で崩《くず》れる。

「一花ちゃんは？」

「あ、あたし？　あたしは……やっぱり、そういうの……どうかなって、思うけど……」

もじもじしながら、一花が言う。

「……岡谷くんが、そうしたいって言うなら、あたしは……いいよ」

「うんうん、だよねー♡　恋人になれば、これで心置きなく、おかりん誘惑《ゆうわく》して、えっちし放題だしね♡」

「………………」

一花が顔を赤くして、黙り込んでしまった。

おまえ……そんなことを……。

「さ、おかりん♡　もー逃げ場、ないよ♡」

あかりと、残りの子たちとが、俺を見つめる。

「付き合ってよ、アタシたち四人と。お試しでいいからさ♡」

エピローグ ■ ＪＫたちと新しい生活

俺《おれ》が女子四人から告白されてから、数日後……。

今日は旅行最終日。

俺《おれ》たちは小屋をあとにして、帰りの飛行機を待つ間、隣《となり》のショッピングモールへとやってきていた。

「さー！　最後の買い物じゃー！　買うぞー！」

「……おーっ！」

伊那《いな》姉妹は元気良く、ショッピングモールへ到着した瞬間、買い物へと走っていった。

「お嬢様《じょうさま》はどうなさいますか？」

一花《いちか》はるしあに尋《たず》ねる。

「ワタシは少し疲《つか》れた。喫茶店《きっさてん》でお茶でも飲んでいるよ」

「では私もご一緒いたします」

「良い。お前は休暇《きゅうか》を楽しめ」

るしあはそう言って、ショッピングモールそばのホテルへと向かう。

「姉ちゃん、お嬢にはおれがついてるからさ。おかりんさん誘《さそ》ったら？」

「う、うん……」

スーツ姿の大男が一花にそう言う。

三郎《さぶろう》氏はぺこりと頭を下げて、るしあのあとを追う。

あとには俺と一花だけが残った。

「……いこっか」

「ああ、そうだな……」

俺たちは無言で、ショッピングモール内を歩く。

お互いに無言であった。

「何か、買いたいものとかあるか？」

「え？　え、えっとぉ……ううん。特に」

「そうか……」

俺は隣を歩く一花を見やる。

パープルの半袖《はんそで》ポロシャツに、白いフレアスカート。

ズボンを好む彼女にしては、ガーリーな格好《かっこう》だった。

「へ、変かしら……？」

「いや、似合ってるよ」

「ほ、ほんとうっ？」

一花は嬉《うれ》しそうに表情をほころばせる。

そんな彼女の表情の変化が愛《いと》おしくて……。

「一花」

俺は、彼女に手を伸ばす。

「え、あ……いいの？」

「別に……いいんだろ？」

「そ、それも、そうねっ」

彼女は満面の笑《え》みを浮かべると、俺の手を握《にぎ》る。

……あの日。

あかりから、提案されたのは、『お試しで四人と付き合う』という前代未聞の試みだった。

もちろん困惑《こんわく》したし、悩みもした。

だが結局のところ……。

俺は、彼女たちの提案を、受け入れた。

「ねえ、おか……光彦《みつひこ》くん」

俺の隣を、一花が歩いている。

頰《ほお》は紅潮し、ふにゃふにゃと口元がゆるんでいる。

「どうした、一花？」

「えへへ♡　呼んだだけ〜♡」

「……中学生かおまえは」

全員と恋人になったことで、一花の俺への呼び方が変化していた。

岡谷《おかや》くんから、光彦くんへ。

「もう死んじゃうくらい、幸せだよ。だって……大好きな人と、いちおうだけど、恋人になって、こうして手をつないでデートしてるんですもの」

一花は本当に嬉しそうに笑う。

あかりと違って、彼女の心と表情は直結している。

それはそれで心地が良い。

「でも……おか、光彦くん、良かったの？『お試し恋愛』……受け入れて」

お試し恋愛。

読んで字のごとく、四人と結んだ、擬似的な恋人関係のことだ。

「ああ。一人一人と向き合っていくには、この関係が一番だと思ってな」

俺は器用なタイプではないからな。

お試し恋愛の関係を結んだとき、俺たちは取り決めをした。


一．四人と恋人関係になっている間、岡谷は勝手にほかに女を作らない。

二．誰かと岡谷とが一対一のとき、ほかの三人はそこへ割って入らない。

三．岡谷とデートするのは、協議の上、偏《かたよ》りのないようにすること。

四．何が起きてもみんな仲良くしましょう♡

「最後の一文が不穏《ふおん》すぎる……」

「あかりちゃんが書いた一文ね……」

俺たちのグループラインが作られ、そこのノートに、以上の条文が書かれている。

仕切ったのはもちろんあかりだ。

「で、でもこれで……心置きなく、光彦くんと、デートできるし。それに……え、え、」

「え?」

「え、えっちな……うう! なんでもないわ!」

ふるふる! と一花が顔を赤くして首を振る。

「とにかく、あたしはこのお試し恋愛、すごくいいと思う。気兼《きが》ねなく、光彦くんをデートに誘えるから」

「俺も今は一花のことだけ、見てられるから、気が楽だよ」

「そ、そう……」

俺たちはふと、宝石店の前を通りかかる。

「ね、おか……光彦くん」

「どうした?」

「指輪……買わない?」

「え……?」

一花は顔を真っ赤《まか》にして、早口で言う。

「あ、ううん！　変な意味じゃないのよ！　ただ、その……おそろいのもの、身につけたいなって思っただけ。だって……その指輪……もう捨てたいでしょ？」

「あー……」

俺の左指には、結婚《けっこん》指輪がハマっていた。

「どうして、捨てなかったの？」

「別にミサエへの未練があるから、ってわけじゃないんだが。どうにも、ここに指輪があるのが、当たり前になっててな」

取ると逆に据《す》わりが悪い。

「や、やっぱり……じゃ、じゃあいい……でしょ？　代わりの指輪を……ね？」

「ああ、そうだな」

俺は宝石店へと入る。

後ろで、一花が「よっしっ！」とガッツポーズしているのが、なんだか可愛《かわい》らしかった。

世の中にはペアリングというカップルが身につける指輪が、結構あるらしい。

「お客様。何かお探しですか？」

店員が俺に尋ねてくる。

前の俺は、答えに困っていただろう。

でも……今は違う。

俺は即答する。

「恋人とつける、ペアリングを探してるんです」

★

買い物を終えた俺たちは、機上の人になっていた。

「ふぁー……やぁっぱ高級すぎる……なんじゃこりゃー！」

落ち着いた機内。

そして座席はかなりひろく、まるで高級ホテルの中のような内装をしている。

ふかふかすぎる席に座りながら、俺はゆっくりと目を閉じる。

「……濃い、シルバーウィークだった」

「おーかりん♡」

俺の隣に、あかりが座る。

「その指輪、似合ってるね♡」

「めざといなおまえ……」

さっそく俺と一花がつけてる、ペアリングの存在に気づいたらしい。

「それ折半《せっぱん》で買ったの？」

「ああ」

「そっかー。やっぱ大人はいいなー、経済力があって。羨《うらや》ましいよ」

ぱたぱた、とあかりが足をバタつかせながら、笑顔で言う。

「……その割には余裕そうだな」

「余裕だよ♡　一花ちゃんなんて中身女子中学生みたいなもんだし♡」

一花おまえ……ＪＫに舐《な》められてるぞ……。

「家帰ったら、たのしみだなー」

実に嬉しそうに、ウキウキしながら、彼女が言う。

「どういうことだよ」

「だぁって、恋人同士なんだよ、アタシとおかりん♡」

彼女が耳元に口を近づける。

「……いっぱい、しようね♡」

「おまえ……」

顔を離すと、くすくすっと笑う。

「いいでしょ？　だってもう、恋人同士なんだよ？　気兼ねする必要もないわけだし」

「……いや、おまえたちはまだ学生だろ。卒業まではダメだ」

「え～♡　そのために恋人になったんだけどな～」

ふふふっ、とあかりが、わくわくを抑《おさ》えきれないのか、口元を手で隠《かく》す。

「たのしみだなぁ～♡　あ、もちろん避妊《ひにん》はするからご安心を」

「俺の話聞けよ」

つんっ、と俺はあかりの額《ひたい》をつつく。

彼女はへへっ、と笑う。

「おかりんも楽しみにしててね♡　アタシ、未経験ですが、殿方《とのがた》が喜ぶ術、たっくさん勉強したから！」

「だから……。まぁ、楽しみにしてるよ」

★

飛行機が羽田《はねだ》空港に到着した。スマホに電源を入れる。

ぶーぶーっ、とスマホが震《ふる》える。

『岡谷みどり湖《こ》』

「おかやみどりこ？　誰？」

「妹だ」

「ふーん。妹。おかりん、妹居たんだ」

「ああ。年離れてるけどな。それに、ちょっと訳ありでもある」

「訳あり？」

「まあ今度話すよ」

まだ電話に出るわけにはいかなかったので、留守電に切り替える。

すると即座にラインが飛んできた。

【いや出ろし。まじ意味わかんないんだけど】

俺は電車の中だと書いて送る。

【あっそ。お兄、今度そっちいくから】

は？　どういうことだよ。

だが、その説明は返ってこなかった。

既読《きどく》スルーかよ……。

「おかりんの妹ちゃんって、何歳？」

「おまえらと同じくらいだな」

「ふーん……じゃあＪＫってことか。で、何だって？」

「今度うちにくるって……あ」

「あ」

……まずいんじゃ、ないか。

俺はあかりたちのこと、みどり湖に説明してない。

「ど、どうする……おかりん？」

「……まあ、その日誤魔化せば大丈夫だろ」

「だ、だよねー！　まさか、おかりんの家にしばらく泊まるー、なんてことないだろうし！　じゃあ、その日は私たち、るしあんの家にお泊まりできるよう頼んでみようかな」

「すまん。頼めるか？」

「あいよー。おっけー」

ほどなくして、飛行機を降りて、空港へと到着した。

俺たちが到着ロビーに着くと、るしあの迎えのものが待っていた。

「家まで送ります」

車に乗り込む俺たち。

「それで……これからどうするのだ、一花よ」

るしあが一花に尋ねる。

「どう……するとは？」

「暫定《ざんてい》とはいえ、我らはおかやの女となったのだ。となれば、次のステップに進むべきだろう。たとえば……同棲《どうせい》とか」

「ええ!? ど、同棲なんて……そんな……早いです……」

「一花。ためらうな」

るしあが一花の背中を叩《たた》く。

「もたもたしてると、あかりに全部かっさらわれるぞ。こいつ、恋人になったのを良いことに、家でおかやに迫《せま》りまくる気だからな」

「そ、そっか！ どうしよう……お嬢様……」

「何も問題ない。負ける気はしないから」

るしあが不敵に微笑《ほほえ》むと、あかりもまたにやっと笑う。

「ま、せーぜーがんばりたまえ。アタシは愛の巣で、誰にも邪魔《じゃま》されず、おかりんとカラカラになるまでいーっぱい……ね♡」

ぐっ、とるしあが歯がみする。

「……いっぱい、なにするの、あかり？」

ほえ、と菜々子が首をかしげる。

「まー、お姉には関係ないよ。よーしっ、早くお家かえろー！　三郎ちゃん、おくってー！」

「あいあいさー！」

かくして、俺たちは自宅へと帰ってきた。

「はー……我が家に帰ってきたー！」

俺、あかり、菜々子が、一戸建ての前に降り立つ。

ちなみに、チョビは明日、預けていたところから、回収するつもりだ。

るしあがうなずいて、言う。

「それではなおかや。またすぐに会うことになるがな」

「じゃあね光彦くん」

二人はそう言って、リムジンに乗り込むと、走り去っていった。

「……すぐ、って、どういうことかな、せんせえ？」

「さあな。わからん」

「ねーねーおかりーん♡　早く入ろーよー」

あかりがスカートのポケットから、鍵を取り出す。

そして……。

がちゃんっ！

「あれ？」

「どうした、あかり？」

あかりの顔色が、急に変わる。

「お、おかりん……ごめん。鍵《かぎ》、閉め忘れてたかも……」

どうやらドアの鍵が、あらかじめ開いてたようだった。

「……そ、そんなっ。だ、だいじょうぶなのかなぁ」

「ご、ごめん……」

「いや、いいよ。おまえ達は外で待ってなさい。中の様子、いちおう見てくるから」

二人がうなずくのを見て、俺は先に中に入る。

玄関……。特に異常はない……。

「って、ん？　この革靴《かわぐつ》……」

女物の革靴が、玄関に置いてある。

かなりサイズが小さい。

あかりのでも、菜々子のでもない。

「もしかして……！」

俺は思い当たることがあって、リビングへと向かう。

「……あ、お兄。おかえり～」

「みどり湖！」

俺の妹……岡谷みどり湖が、ソファに寝そべっていた。

バサついた、少し赤みがかった長い髪。

ポニーテールにしている。

ミニスカートに、半袖シャツ。

カーディガンを腰に巻いている。

ソファにうつ伏せになって、ぱたぱたと足をばたつかせている。

口にチュッパチャップスをくわえていた。

「……てか帰るの遅すぎるし。待たせすぎだし」

「いやおまえ……どうしてここに？　鍵は？」

「……大家に借りた。てか、妹が兄の家に居るの別に問題なくない？」

「あ、いや……まあ、そうなんだけど……」

みどり湖は起き上がって、こほんと咳払《せきばら》いする。

「……お兄。久しぶり。てか一昨年《おととし》の正月ぶり？」

「あ、ああ……そうだな……」

去年の正月は忙しくて帰れなかったから……じゃなくて。

これは、非常にまずい状態ではないか……？

みどり湖は頬を少し赤くすると、チュッパチャップスの柄《え》をピコピコさせながら言う。

「……お兄、さ。あの女に浮気されて別れたんでしょ？　それで正解だよ。ほんと、あーしの言ってたとおりになったじゃん。ほんとお兄は昔から……って、どうしたの？」

「いや……おまえ、いつまで家に居るんだよ」

「……ん。まあしばらく泊まるから。よろしく」

「なっ……⁉」

と、そのときだった。

「おかりん！」「せんせえ！」

あかりたちが、このタイミングで入ってきた。

「け、ケーサツ呼ぶ⁉」

「……せんせえ！　無事ですかっ」

あかりが俺の腕に、そして菜々子が俺の腰に、それぞれしがみつく。

「…………………………………………………………は？」

みどり湖の顔から、すぅ……と感情が消える。

「……お兄、誰そいつら？」

「あ、いや……これは……みどり湖。違うんだ……」

不機嫌そうに、妹みどり湖が、チッ！　と舌打ちする。

「……ちょっと何？　あーしのお兄にベタベタくっつかないでほしいんですけど？」

伊那姉妹が、目を丸くする。

「「い、妹!?」」

「……そーだよ。部外者は出てけし。てか家主の断りもなく上がってくんなし」

みどり湖は苛《いら》つきながら、しっし、とまるで犬を追い払うように手を振る。

「いや……みどり湖。大学のとき、塾講師してただろ？　二人はそのときの教え子だよ」

「……は？　なんで教え子がお兄の家に無断で上がり込んでるんだし。ふっつーに不法侵入じゃん。帰れよ」

よくわからないが、みどり湖が凄《すさ》まじく不機嫌になった。


「帰るとこなんて、ないよ」


みどり湖の言葉に、妹を守るように言い返す菜々子。

うつむいて震えるあかりを見て、俺は決心する。

「みどり湖。よく聞いてくれ。この子らは……」

「あーもー！　ウザい！　出てけし！」

みどり湖は立ち上がると、菜々子の手を強引に摑《つか》む。

「お兄との時間、邪魔しないでくれる?」

「……痛《いた》っ」

「みどり湖!」

びくっ、と妹が体をこわばらせる。

「手を、離しなさい」

「~~~~~~~~! お兄の馬鹿っ! あーしがいるのにっ、馬鹿っ!」

妹は俺の足を蹴って、その場をあとにする。

ばたんっ、とトイレのドアが閉じる。

「おかりん……これ、大丈夫?」

「……まずいかもしれん」

お試しの恋人関係を結んだ、しかも、四人と。

それに、これからしばらく泊まるらしい。

妹がそれを知ったら……。

どう考えても、波乱が巻き起こる気しかしないのだった。

あとがき

はじめましての方は、はじめまして。前作からの人はこんにちは。茨木野です。

本シリーズも二冊目になりました。無事に二冊目を出せてほっとしてます。


二巻の内容について説明します。

双子のＪＫと同居してる主人公。そんな彼は今回、ハワイへと旅行へ行きます。

ＪＫたちに加えて美少女ラノベ作家、美人同期と一緒に海外へ行き、楽しい時間を満喫する……と言った内容となってます。

尺が余ったので、近況報告を。
今年の二月にハワイへ行ってきました！　人生初、ハワイです！（作中描写がリアルなのは、実際に行ってきたからですね）
旅行好きな妹が企画立案してくれて、家族でハワイ旅行へ行ってきました。

青い空、青い海……めちゃくちゃ良かったです。

漠然と海外って怖いイメージあったんですが、ハワイは普通に楽しかったですね。日本人も思った以上にたくさんいたからかもです。カップル率の多いこと多いこと。

あとハワイの海、暖かいイメージがあったのですが結構冷たかったのが印象的でした。

気候はすごく暑かったんですが、まじで海は冷たかったです……。

初ハワイ、思い出深いものになりました。今回旅行を立案してくれた妹には感謝です。

ありがとう。おかげで二巻、華やかな内容に仕上げることができました（WEB掲載時、主人公たちの旅行先は国内でした）。あかりちゃんのエロい水着と、エモい夜景も描いてもらえたしね！


続いて、謝辞を。

イラストレーターのトモゼロ様！　素晴らしいイラスト、ありがとうございます！　特に表紙のあかり！　最高でした！　めっちゃエロいし可愛いし！　悶絶しまくってました！

編集のみっひーさん。今回もお世話になりました。いつもご迷惑をおかけして大変申し訳ございません。

そして、この本を手に取ってくださっている読者の皆様。この本を出せるのは皆様のおかげです。ありがとうございます。

最後に、宣伝があります。

ＧＡ文庫様から出した、『有名ＶＴｕｂｅｒの兄だけど、何故か俺が有名になっていた』、コミカライズが連載開始してます！　マンガＵＰ！　で好評連載中です！　こちらも是非！

それでは、皆様とまたお会いできる日まで。

二〇二四年六月某日　茨木野

窓際編集とバカにされた俺が、
双子JKと同居することになった

GAノベル

窓際編集とバカにされた俺が、双子JKと同居することになった 2

2024年7月31日　初版第一刷発行

著者　茨木野
発行者　出井貴完
発行所　SBクリエイティブ株式会社
〒105-0001　東京都港区虎ノ門2-2-1
装丁　AFTERGLOW
印刷・製本　中央精版印刷株式会社

ISBN978-4-8156-1457-7
Printed in Japan

ファンレター、作品のご感想をお待ちしております。
〒105-0001　東京都港区虎ノ門2-2-1
SBクリエイティブ株式会社
GA文庫編集部 気付

「茨木野先生」係
「トモゼロ先生」係

本書に関するご意見・ご感想は
下のQRコードよりお寄せください。
※アクセスの際に発生する通信費等はご負担ください。

https://ga.sbcr.jp/

ホームセンターごと呼び出された
私の大迷宮リノベーション!2

著:星崎崑　画:志田

GAノベル

フィオナによってホームセンターごと呼び出された女子高校生のマホは、困難に直面していた。人手も資金も足りず、期日までに迷宮の改装が終わるかどうか不安が増す日々に万事休すかと思いきや、最深部で倒した「レッドドラゴン」の魔石がオークションで法外な額で取引されたことで資金の確保に成功する!　それを元手に銀狼族の少年戦士ジガと彼が率いるパーティメンバー、マホと同じ日本から「勇者」として異世界転生したアイネの協力を得て人手不足も解消!　急ピッチで改装を進め、ついにプレオープンを迎える!　その攻略難易度の高さ故に、一度は廃れかけた『メルクォディア大迷宮』。マイナスイメージを払拭して、マホたちの手によって生まれ変わる。